ÈXITS

108

DAVID ESCAMILLA

Paraules d'amor

Edicions 62

Barcelona

Primera edició: març del 2012

Peu de la Creu, 4. 08001 Barcelona
info@edicions62.cat
www.edicions62.cat

Fotocomposició: Víctor Igual, s.l.
Aragó, 390. 08013 Barcelona
Imprès a Liberdúplex

DIPÒSIT LEGAL: B. 6.145-2012
ISBN: 978-84-297-6925-8

ÍNDEX

I

UNA FINESTRA OBERTA

Tot just quan començava a despertar aquell matí de primavera de l'any 1967, una tèbia i tímida pluja va començar a omplir de gotes i melangia el carrer Casp d'una Barcelona ennuvolada i grisa. El darrer dia del mes de març, les olors i els colors de la vida es feien especialment visibles per a un mag de les ones que cada dia entrava a les cases de la gent, sense picar a la porta ni demanar permís. Quan en Salvador Escamilla parlava, la gent no només rebia paraules i música, sinó carícies, abraçades i il·lusions.

Cada matí tornava a començar el mateix ritual. El servicial i atent conserge de Ràdio Barcelona, un home petit, guenyo i sempre vestit de blau, el senyor Casado, li preparava acuradament un bon cafè que li servia sempre en una tassa de porcellana blanca i l'hi lliurava en mà, satisfet, a peu de micròfon.

Dret, amb els ulls tancats, n'ensumava l'aroma, es mullava els llavis amb aquell gust intens i deixava que l'esperit del beuratge impregnés els seus sentits i l'inspirés per iniciar el nou programa que estava a punt de treure el cap per l'ampla finestra de la ràdio.

L'aroma del cafè era el combustible necessari per posar en marxa l'engranatge d'aquell motor creatiu. Sovint alguna gota negra vessava damunt les pàgines dels guions eternament provisionals, quatre notes redactades amb més intuïció que ciència. I tot just abans que el conserge obrís les portes al públic de l'estudi Toreski, més teatral que radiofònic, l'Escamilla tornava a fer seu l'espai, visualitzant mentalment tot el que passaria en aquell nou matí de ràdio.

L'entrada dels cinc músics de la banda del programa a l'estudi —l'Espeitia, en Giralt, l'Orteu, en Gadea i en Fígols— formava part del cerimonial. Amb un gran respecte entraven d'un en un, i es col·locaven davant del seu instrument, preparats per inundar l'atmosfera amb els ritmes i les melodies de moda. Tots ells eres grans mestres, virtuosos del seu art.

Darrere d'ells, disciplinadament, en Xavier Porcel, l'ajudant i secretari que feia les funcions de productor del programa, perseguia l'Escamilla, amunt i avall, sempre amoïnat per les imprevisibles sorpreses del directe. I encara un últim personatge, en Lluís Muntaner, el redactor de les escaletes i els guions del programa que havien d'enfrontar-se amb les urpes dels implacables censors.

Tot era a punt. I amb un gest imperceptible de la mà, un codi intern entre els membres de l'equip, en Porcel indicava al senyor Casado que ja podia obrir de bat a bat les portes del temple de la ràdio. El públic entrava excitat i meravellat de poder veure en directe tot allò que fins aleshores només havia sentit. Era una oportunitat única. Se sabien privilegiats, testimonis d'excepció d'una nova edició d'aquell *Radioscope* que ja era mític.

Corria la brama que Salvador Escamilla era un home elegant. I aquell matí, tothom va comprovar, en primera persona, en què consistia el seu estil. Duia un vestit gris perla, d'alpaca, camisa blanca, corbata de punt, sabates italianes i mitjons a joc, i uns impecables cabells tallats amb navalla, com acabat de sortir de cal barber.

L'Escamilla va saludar el públic amb un somriure, però de seguida va tancar els ulls per concentrar-se en la cadència de les agulles del rellotge que presidia les parets grises de l'estudi, unes agulles que s'apropaven temeràriament a l'hora exacta en què el senyal lluminós indicaria que el micròfon ja estava encès i que cada paraula havia de ressonar poderosament en totes les llars del país.

Els darrers tic-tacs de l'enorme rellotge van fer-se més lents que mai. El silenci era absolut. Tothom esperava el miracle: escoltar la veu que cada matí escalfava el cor de la gent.

De vegades, però, no tothom està disposat a escoltar. A casa la Maria Riera semblava que res ni ningú pogués aturar la tempesta que s'havia desfermat feia uns quants minuts, tot just quan la noia havia sintonitzat l'emissora de Ràdio Barcelona on estava a punt de començar el programa *Radioscope*.

—Continues entossudida a portar-me la contrària, Maria! Aquesta és una casa respectable i no hi ha lloc per al llibertinatge ni per al catalanisme que defensa aquest Escamilla! —va dir el cap de família mentre, amb un dit imperatiu, s'atansava a l'aparell de ràdio per apagar-lo.

—Joan, deixa estar la nena, no t'ha fet res, a tu! —va saltar en un acte reflex de protecció la mare de la noia.

—Tu calla, Júlia! Si no fossis tan feble, la Maria creuria més i no tindria aquests pensaments de fer-se artista. Té el cap ple de pardals i la culpa és teva, només teva. Si la nostra filla segueix per aquest camí, t'asseguro que es convertirà en una infeliç i tu te'n penediràs tota la vida.

—Pare, no juguis amb els sentiments de la mare. No és just.

—Estàs a casa meva, noia. Així que ni se t'acudeixi dir-me el que puc i el que no puc fer. Aquí, entre aquestes quatre parets, les normes les marco jo. Jo sé exactament què és el que cal fer per pujar dreta aquesta família.

—Pare, tu sempre creus que tens raó, però no sempre és així. Ja no sóc una nena. No em lliguis tan curt, t'ho prego.

—És clar, Maria, és clar que tinc raó. Ja ho veuràs, fes-me cas fil per randa i tot t'anirà bé.

—Ho veus com és impossible parlar amb tu? Mai no escoltes a ningú. Em fas tanta llàstima, pare.

L'única cosa que va obtenir com a resposta no van ser precisament unes paraules. El seu pare, amb el rostre encès, va repetir un gest que havia fet desenes de vegades. Després de dir a la seva dona que sortís d'aquella cambra, va treure's la corretja de cuir que duia lligada a la cintura i, sense pietat, va fuetejar les natges i l'esquena de la seva filla. No era la primera vegada que succeïa una cosa semblant en aquella casa tan distingida, i l'únic que la Maria va poder fer va ser sanglotar en veu baixa, eixugar-se les llàgrimes amb les mànigues de la brusa i sentir una vegada i una altra com el cuir li encetava la pell.

Quan el progenitor va considerar que ja havia acabat d'impartir la seva lliçó, impassible, va dir a la filla:

—Maria, sé que demà tens una actuació i per això no t'he pegat a la cara, però t'asseguro que la propera vegada que desobeeixis les meves ordres, no seré tan primmirat amb tu.

Amb un gest delicat, l'Escamilla va acariciar el micròfon de girafa i el va apropar amorosament als seus llavis, com l'amant que busca la boca de la seva estimada. I tot just quan l'esfera marcava dos quarts d'onze del matí, va pronunciar aquella frase mítica que ja s'havia convertit en tot un símbol: «Bon dia, Catalunya, bon dia... i una cançó».

El programa va avançar donant pas a tots els continguts i les seccions habituals, i el plat fort del dia va arribar amb l'actuació en directe d'en Joan Manuel Serrat, el cantautor favorit del locutor, el qual, des de la seva secció, que s'emetia tots els dilluns, dimecres i divendres, va interpretar una de les seves cançons més de moda, «Paraules d'amor», que portava camí de convertir-se en el número 1 a les llistes de discs més venuts a Espanya. Era la primera vegada que això succeïa amb una cançó en català.

El públic de l'estudi va embogir amb l'actuació. I quan en Joan Manuel va acabar de cantar, l'Escamilla i ell van compartir unes paraules per anunciar l'esdeveniment històric que havia de tenir lloc l'endemà, aquell primer dissabte del mes d'abril.

—Estimats radioescoltadors, no cal que us recordi que demà, tots plegats, tenim una cita ineludible, extraordinària, única i màgica. Demà tots hem de ser al Palau de la Música, fent costat i gaudint dels nostres artistes, gent de la nostra gent. Serà un gran concert de cançó catalana, amb un cartell d'excepció: Jacinta, Mariano Albero i la Jocelyne Jocya, entre d'altres. I també una nova veu que, tot i ser molt jove, ja té moltes coses a dir: Maria Riera! I, és clar, a la segona part del concert, el gran protagonista de la nit serà en Joan Manuel Serrat, el cantautor més estimat, admirat i seguit.

—Ja tens l'ordre del repertori a punt, Joan Manuel?

—Sí, sí, Salvador. Ja està tot pensat i tot al seu lloc.

—I què, com anem de nervis? Com van les papallones a l'estómac?

—Home, la veritat és que un directe sempre és un directe. I, a més a més, aquest serà el meu primer Palau. I això, encara que no vulguis, imposa.

—Estimat Joan Manuel, et deixem marxar cap a casa, perquè necessites descansar i preparar el teu cos i la teva ment per a aquest gran repte que ja tens ben a prop. I a tots vosaltres, benvolguts radioescoltadors, només cal dir-vos que el *Radioscope* d'aquesta setmana acaba ara mateix, però demà dissabte continua la festa. I serà una gran festa! Us desitjo un feliç i serè cap de setmana ple d'alegries compartides i d'il·lusions a punt de fer-se realitat.

«Aquest concert de demà al Palau, no me'l vull perdre per res del món. Toca en Lluís i ja fa massa mesos que em diu que el vagi a veure en directe i mai no em va bé. No puc fer-li un altre lleig, al meu germà. Demà acompanyarà amb la guitarra la veu del Mariano Albero. Sé que ell m'espera allà, a la platea del Palau. I aquesta vegada no penso fallar-li», va dir-se en Ramon Miserachs mentre desconnectava la ràdio per concentrar-se en el llibre de dret civil que tenia a les mans. Faltava menys d'una setmana per afrontar aquell examen que tots els estudiants de la facultat temien. Però no va tenir gaire temps d'estudiar, ja que en Lluís va entrar a casa esbufegant i amb els nervis a flor de pell.

—D'on véns tan rebregat? Es pot saber quina en portes de cap?

—Val més que no t'ho expliqui. No t'ho creuries... —va dir en Lluís mentre recuperava l'alè i s'anava traient la roba polsosa i estripada abans de dutxar-se.

—I aquesta roba? No t'hauràs barallat amb algú?

—Molt millor que això, germanet. He llançat un còctel Molotov a la sucursal del Banco Popular del carrer Consell de Cent.

—Lluís, estàs com un llum. Un dia d'aquests els grisos t'enxamparan i se t'acabaran les ganes de gresca. Ja veig que la primavera et fa bullir la sang, però t'he de dir que et trobo molt més convincent de músic que de revolucionari de pa sucat amb oli.

Tot just en apagar-se el senyal lluminós que indicava que el programa de ràdio ja havia acabat, l'Escamilla va afluixar-se el nus de la corbata, es va treure l'americana i va arromangar-se les mànigues de la camisa. Aleshores, ja relaxat i satisfet, va apropar-se, generós i receptiu, fins a la platea d'aquell estudi on l'esperava el seu fidel públic. Tothom volia dir-li alguna cosa, tothom el reclamava i li demanava un instant d'atenció. I ell va tenir una paraula, una mirada, un gest per a cadascú. Aquell era el seu públic. I era plenament conscient que la seva feina no tenia cap sentit si no hi havia algú a l'altra banda de les ones. La seva era una feina realment agraïda, va pensar, i va sortir a buscar la llum natural del carrer Casp en companyia del seu amic i confident Joan Manuel Serrat, amb qui es va asseure a la terrassa del Cafè de la Ràdio, per parlar, un dia més, de tot i de res, per compartir aquella amistat carregada de complicitats i d'il·lusions que ja tenia tots els colors de la primavera.

2

PRIMAVERA AL PALAU

La Maria Riera havia dormit poc i malament. Amb el cos adolorit i el cap bullint de pensaments i sentiments contradictoris, la nit se li havia fet molt llarga, regirant-se entre els llençols suats, buscant el consol i la tendresa que li mancaven entre les delicioses paraules d'aquella cançó de bressol que havia d'interpretar al Palau.

Barcelona estava preciosa. Es va llevar i va sortir perfumada i amb un vestit de flors de l'àtic de la Rambla de Catalunya, on vivia amb els seus pares. Era primera hora del matí, i la ciutat, encara mig adormida, vibrava al ritme d'una energia contagiosa que de seguida se li va encomanar.

Els plataners d'aquell passeig elegant li feien d'escorta a banda i banda, i ella baixava, amb els ulls plorosos, el cor a cent i aquella eterna por que duia clavada a dins i que tractava de dissimular, com podia, amb un forçat somrís que sabia que no era del tot convincent.

A l'altura de l'Avenida de José Antonio Primo de Rivera, va aturar-se en un quiosc per comprar el diari, encuriosida per esbrinar si entre les pàgines de la secció d'espectacles apareixia el seu nom, enmig d'aquell cartell de luxe, protagonitzat per alguns dels grans referents de la cançó catalana.

A la portada de *La Vanguardia*, una fotografia de Franco a tota pàgina, i a la secció de cultura, un anunci destacat que feia referència al concert del vespre al Palau de la Música Catalana. Entre aquells noms de grans cantants, també hi havia el seu.

Il·lusionada com una criatura, la Maria va obrir el diari i va voler mostrar la pàgina al quiosquer, que, per un instant, va convertir-se en còmplice de la seva alegria. I amb aquell somriure ingenu dibuixat al rostre, va arribar fins a la plaça de Catalunya, on, sense saber ben bé per què, va sentir la necessitat d'aturar-se uns minuts per contemplar un estol de coloms blancs que volaven concèntricament, dibuixant figures imaginàries en aquell cel pintat de blau. Va intuir que aquella imatge contenia un missatge i que ara només li calia saber interpretar-lo.

—Sempre he volgut volar com aquests coloms —va dir una veu greu i cansada, que de sobte la Maria va sentir darrere seu.

En girar-se, la Maria va veure que qui li parlava era una dona molt vella, amb el rostre cremat pel sol, que es passava jornades senceres venent veces per alimentar aquelles aus que feien les delícies dels infants i dels turistes.

—Sí. Ells són la llibertat mateixa, en estat pur... —va respondre la noia.

—I tu em parles de llibertat? Tan jove com ets, què en saps, de tot plegat?

—Només sé que la llibertat és bella, i també necessària.

—Els teus ulls plorosos no em parlem precisament de ser lliure. Què tens, nena?

—Sap? El meu problema és precisament allò que no tinc —va respondre la Maria mentre arrencava a plorar desconsoladament.

—Perdona'm, no vull ser indiscreta. No cal que m'ho expliquis. Però deixa'm que et digui una cosa: no permetis mai que res ni ningú et prengui l'alegria. És el teu tresor més preuat i només et pertany a tu. Pensa-hi cada vegada que estiguis a punt de rendir-te. No podem trair-nos a nosaltres mateixos. Recorda-ho sempre.

Quan va arribar a la plaça Obispo Urquinaona, a la Maria li va venir a la memòria l'anunci que havia sentit a la ràdio tants i tants matins, al programa de l'Escamilla: «*Te esperamos en la Casa de las Mantas, Jonqueras número 5, al ladito de La Caixa...*» i, com que li venia de pas, va decidir aturar-se davant d'aquell immens aparador ple de roba per a la llar, i, després de pensar-s'ho dues vegades, va entrar a remenar entre les ofertes que s'anunciaven en uns cartells de colors, que eren impossibles d'evitar. I amb una bossa carregada fins a dalt de tovalloles, llençols i coixineres de cotó, va enfilar directament cap al Palau, que ja tenia a quatre passes.

Tot just quan va travessar la gran porta giratòria

d'aquell recinte modernista consagrat a la música, obra del genial arquitecte Domènech i Montaner, va tenir la sensació que entrava en un altre món. Va pujar, graó a graó, la majestuosa escalinata de marbre, va alçar la mirada per contemplar embadalida aquell magnífic vitrall d'Antoni Rigalt que feia de sostre, i va travessar tot el pati de butaques de platea fins a arribar al prosceni, on ja hi havia alguns músics assajant. Amb un gran respecte, es va enfilar a l'escenari per contemplar com ho veuria tot, des d'allà dalt, aquella mateixa nit, quan li toqués actuar a ella.

I en companyia de totes aquelles escultures, belles muses de ceràmica que envoltaven l'escenari i que semblaven formar part d'un cor de veus celestials, la Maria va tancar els ulls i va deixar-se endur suaument per la cançó que tot just començava a cantar una de les dones amb qui compartiria cartell. Ella, la Jacinta, se la va mirar amb un gest de complicitat, va apropar-se a la noia i li va fer un petó a la galta.

La Maria tenia molt clar que aquella havia de ser una nit carregada de sensacions úniques, de música i de complicitats. Però mai no podria haver sospitat que, entre totes les mirades del públic, n'hi hauria una de ben familiar i propera. Una mirada que duia clavada a dins des de feia ja uns quants anys i que mai no havia pogut oblidar.

3

FLOR DE LLESSAMÍ

Se sentia com una nena petita en un món d'adults, mentre s'ho mirava tot des del racó més fosc de l'escenari, un amagatall imaginari que la feia trobar-se segura davant d'aquell món nou i desconegut.

Els elements semblaven girar-se-li en contra, tot se li feia hostil i estrany: micròfons que no acabaven de funcionar del tot, focus de llum que esclataven aquí i allà, guitarres desafinades, nervis descontrolats, mirades d'incertesa, por...

La Maria va treure coratge d'allà on creia que no en tenia, i amb petites passes, cada cop més segures, es va plantar allà, al bell mig de l'escenari. Havia arribat el gran moment de demostrar-se a ella mateixa i a tothom que aquella seria la primera nit d'un gran somni fet realitat.

Es mirava de fit a fit el micròfon que tenia tot just a un pam dels llavis, amb un cert respecte, conscient que aquell objecte podria ser el seu millor aliat o el seu enemic més ferotge. Aquell estri seria l'encarregat de projectar la seva veu davant d'un públic que tindria a les seves mans el poder de fer-la pujar a la glòria o d'enfonsar-la en l'infern de l'oblit. Aviat li va venir al cap la fragilitat dels seus dies, l'eterna sensació de provisionalitat que l'havia acompanyat al llarg de tota la vida. Sempre s'havia sentit com un pètal de llessamí arrencat sobtadament per la fúria d'un cop de vent de primavera.

Una remor va avançar pel pati de butaques fins a envair el Palau d'unes veus que s'anaven dient l'una a l'altra que havia arribat l'Escamilla. Ell faria de mestre de cerimònies i de presentador del concert. El locutor va avançar, camí de l'escenari, amb pas ferm, escampant generosament un somriure lluminós que va contagiar d'optimisme l'ambient.

Un cop va ser damunt l'escenari, frec a frec amb la Maria, instintivament va percebre l'extrema fragilitat de la noia.

—Com m'agrada veure't aquí dalt, Maria —va dir Salvador Escamilla a la jove promesa de la cançó catalana mentre l'abraçava amb un gest de protecció.

—Salvador, les teves paraules són tan importants per a mi ara mateix...

—Què has decidit cantar aquesta nit? Vam quedar que seria bo triar entre una d'aquelles peces tradicionals.

—I tant que sí! He escollit, i em sembla que és una de les teves peces preferides, una cançó de bressol: «Rossinyol que vas a França».

El periodista, en veure com la jove s'estremia en pronunciar el títol de la cançó, amb gest ferm va agafar-li la mà per tal d'asserenar-la.

—Maria, en un artista els nervis són necessaris per estar alerta, despert i donar el millor d'un mateix. Estar excessivament relaxat no és bo.

—Tinc papallones a l'estómac, Salvador!

—Bé, això és bonic, però sobretot és molt important. Maria, saps?, sempre tenim papallones a l'estómac abans de començar a cantar, i també en tenim quan ens enamorem. Crec que tinc un bon consell per a tu i si t'agrada ja és teu. En aquests moments de nervis, és important concentrar-se en un record molt intens i únic, com pot ser el primer petó d'amor. En aquell instant només existeixen els ulls, els llavis i l'alè de la persona que estimes. L'Univers sencer desapareix i es fon en un no-res. Veuràs com de sobte tot és fàcil, la veu surt més clara que mai, i sembla que et facis un petó amb el públic de platea. La gent rep la teva veu com si els estiguessis besant, d'un en un. Maria, fes-me cas, i concentra't intensament en aquell primer petó d'amor.

—Gràcies per ser com ets, tan generós amb mi. No sé si està bé dir-t'ho, però ho sento amb molta força. Ets com un pare per a mi. Espero no decebre't. Ja em diràs després què t'ha semblat l'assaig.

—Maria, ja ho tens tot a punt. Ha arribat el teu gran moment. Tot just ets al llindar de la porta que separa la vida de la nena que ets, de la dona que ja estàs a punt de ser.

La noia va aferrar el peu del micròfon buscant la seva complicitat, va respirar un parell de cops ben profundament, i va transformar en melodia els versos eterns d'aquella cançó infantil:

Rossinyol, que vas a França, rossinyol,
encomana'm a la mare, rossinyol,
d'un vell boscatge, rossinyol, d'un vol.

Davant d'ella, a les primeres fileres de platea, tres espectadors seguien amb atenció cada gest de la jove intèrpret. La Maria se sentia reconfortada per aquelles mirades de suport: sentia que no estava sola, i, recordant les paraules del seu descobridor radiofònic, va tancar els ulls i es va concentrar en el seu primer instant d'amor, quan els seus llavis van descobrir el misteri del desig.

Que em fa guardar la ramada, rossinyol,
he perduda l'esquellada, rossinyol,
d'un vell boscatge, rossinyol, d'un vol.

Aquella antiga cançó que havia regalat dolços somnis a tants infants va començar a emprendre el vol i a fer-se més veritable i molt més bella. Ella seguia pensant en aquell primer petó i la seva veu impregnava el Palau d'emocions a flor de pell.

Quan va acabar la darrera estrofa de la melodia, la Maria va obrir els ulls molt lentament per contemplar un paisatge que no havia previst: allà, de sobte, hi havia més d'una trentena de persones, dempeus, aplaudint amb les mans i l'esguard.

Amb timidesa, la jove cantant va agrair les mostres d'afecte de tota aquella gent, inclinant-se respectuosament davant del seu primer públic, amb un cert aire d'incredulitat i de sorpresa. I després de buscar els ulls de l'Escamilla i de rebre el seu beneplàcit amb un gairebé imperceptible però inequívoc gest de cap, va girar-se per marxar entre bambolines, i la sorpresa va ser màxima quan va topar la mirada d'aquell record que l'havia inspirada tan sols uns instants abans.

«Mentre cantava, jo tancava els ulls i el veia en el passat. Obro els ulls i el veig ara i aquí, en el meu present», va dir-se la Maria mentre en Ramon avançava il·lusionat.

—M'agrada comprovar que duus el mateix perfum de sempre, la teva delicada aroma de flor de llessamí.

4

UNA MIRADA FURTIVA

El passat ens obliga a mirar enrere i, sovint, el bitllet que ens permet fer aquest viatge a tot allò que un dia va ser és una cosa tan senzilla com una mirada furtiva entre dues persones, una espurna misteriosa capaç d'encendre el foc adormit de l'amor.

En Ramon i la Maria havien coincidit a Begur des que eren nens, però va ser tot just tres anys abans d'aquell concert, quan tot va tornar-se més intens. Aquell estiu del 1964 tots dos van descobrir el gust de la primera cigarreta, però també el significat de paraules carregades de tendresa, tremoloses carícies i el primer petó d'amor.

El darrer dia d'aquell agost a Begur va ser molt especial per a tota la colla. L'endemà tots tornarien a les seves ciutats, a la rutina de l'escola i a les obligacions que havien de començar molt aviat.

Havien quedat tots cinc davant la torre de la Maria, amb les atrotinades bicicletes BH a punt per ajudar-los a recórrer el quilòmetre escàs que tenien fins a la seva cala preferida.

—Marc, ja veig que no has oblidat la guitarra. Ei,

que està molt bé, eh? Però ja has pensat a agafar la tovallola i l'entrepà per dinar? —va dir la Maria en travessar la tanca verda de fusta del jardí i veure el seu amic sense res més que el banyador i la funda de la guitarra.

—Ja ho saps, els artistes som així, Maria. Però estic segur que la teva mare em podrà preparar alguna cosa ràpida per menjar.

—Quina barra que tens! —van exclamar la Rosa i en Jordi a l'uníson.

—Ja ens repartirem el menjar que portem, d'acord? Però marxem ara mateix! —va fer en Marc.

—Has tornat a tenir problemes amb el teu pare, Maria? —li va preguntar a cau d'orella en Ramon.

La Maria no va respondre. Només va córrer cap a la seva bicicleta i va enfilar cap al camí de ronda, en una carrera improvisada amb els seus amics que va acabar sense cap guanyador clar quan el grup va arribar a la cala que els havia vist fer-se grans.

—Maria, hauries d'anar pensant a canviar-te la tovallola. Fa molt bona olor, però ja no fa per a tu —va dir en Marc mentre afinava les cordes de la guitarra.

—I per què ho dius, tu, ara, això? Em pensava que la meva tovallola de l'Snoopy t'agradava força —va respondre ella.

—I a tu qui t'ha dit que parlo de l'Snoopy ara? Ja saps que el que realment m'agrada d'aquesta tovallola és la teva olor.

—Mireu allà, al cim del penya-segat! No és l'amiga

dels teus pares, Jordi, aquella cantant dels Setze Jutges? —va cridar de sobte en Ramon.

—A veure? On dius que és? Sí, és veritat, és la Guillermina —va respondre en Jordi mentre es posava les ulleres de pasta—. Ostres, ha saltat a l'aigua!

—Nosaltres, abans de marxar, també ho hauríem de fer. Serà una bona manera d'acomiadar-nos fins al proper estiu —va dir en Marc mentre començava a tocar els primers acords de «The Times They Are A-Changin», la cançó d'en Bob Dylan, que s'havia convertit en la banda sonora d'aquell estiu.

A la Maria i a en Ramon els agradava capbussar-se i nedar mar endins, jugant entre l'escuma blanca a ser dofins. I aquell darrer bany d'estiu va convertir-se en una experiència màgica quan els seus llavis van tornar a trobar-se sota l'aigua.

Van dinar sota un petit pinar, allà mateix a la cala. Damunt les tovalloles, van posar el menjar que cadascú havia portat de casa: truita de patates, llom arrebossat, patates fregides Matutano, ampolles de Coca-Cola, uns daus de síndria i meló, i fins i tot una petaca amb whisky que en Jordi havia agafat d'amagat del seu pare i que es van anar passant entre els nois.

La migdiada va ser curta, i després, a mitja tarda, la pilota inflable de Nivea es va convertir en la gran protagonista. Primer, jugant a futbol improvisadament damunt la sorra, i després, a l'aigua, amb moltes rialles i poques normes.

Quan el sol començava a pondre's, els més valents del grup van decidir pujar al penya-segat per fer aquell ritual iniciàtic que hauria de convertir-los en els herois del dia.

A mig camí, en Jordi s'hi va repensar, va fer-se enrere i va tornar a la platja amb les noies, mentre en Ramon i en Marc, més decidits i valents, arribaven a dalt del cim, amb totes les ganes del món de demostrar qui eren.

—Des d'aquí dalt imposa més, oi, Ramon? —va dir en Marc mentre s'asseia damunt la roca, amb els peus penjant al buit, i contemplava aquell vertiginós i amenaçador abisme.

—Ben mirat, et confesso que jo tampoc no les tinc totes.

—I si ens agafem de la mà i saltem junts? —va atrevir-se a proposar en Marc.

—Si ho hem de fer, que sigui ja. Si ens hi repensem gaire, ens n'anirem amb la cua entre les cames —va dir en Ramon, mentre s'aixecava decidit per agafar la mà al seu company.

Els dos nois van contenir la respiració, tractant de concentrar-se en l'anar i venir de les onades, com buscant el moment més propici per tancar els ulls i saltar al mar.

—Si ho feu, esteu perduts! —va dir cridant una veu vella i cansada a la seva esquena—. És evident que no coneixeu l'antiga llegenda del cant de les sirenes de platja Fonda.

En Ramon va obrir els ulls molt lentament, com despertant d'un estrany somni que havia estat a punt de convertir-se en un malson.

—Qui és vostè? I què fa aquí? —va preguntar el jove sense deixar la mà del seu amic, mentre s'allunyaven del perill.

—Només sóc un coraller, un home que s'ha passat la vida buscant corall en aquestes aigües i que ara vol alertar-vos del perill.

—De quina llegenda parla? —va interessar-se en Marc, ja molt més serè.

—Baixem a la platja que us l'explicaré, a vosaltres i a aquells amics vostres.

La Maria, en Jordi i la Rosa no acabaven d'entendre què passava.

—Jordi, tu saps qui és aquest home gran que acompanya en Ramon i en Marc?

—L'he vist per aquí alguna vegada.

—Jo sí que el conec bé. Acostuma a comprar a la nostra botiga de queviures —va afegir la Rosa—. Parla poc, però tothom l'escolta embadalit. La mare sempre diu que aquest vell té un poder estrany.

Quan el coraller va començar a parlar, la foguera que tot just havien encès semblava que il·luminés la cala sencera, i els rostres brillants dels cinc joves mostraven una gran fascinació per aquella història que, de sobte, donava un nou sentit a tot aquell dia que havien viscut plegats.

—L'estiu és l'únic moment de l'any en què és possible veure les sirenes, ja que les escates de la cua llueixen amb poderosa intensitat sota la resplendor del sol i de la lluna. La llegenda explica que, a tocar del capvespre, les sirenes s'apropen sigil·losament fins a la costa per comptar un a un els grans de la sorra gruixuda i fosca d'aquest amagatall natural. Van ser castigades amb la prohibició de tocar terra, diuen, per haver posat en perill la vida dels mariners, els pescadors i els corallers com jo amb els cants seductors, els jocs sota les aigües i les danses encisadores, que aixecaven temibles llevantades i onades gegantines. Les sirenes feien tombar les embarcacions i embogir els homes, i cobrien el mar d'escuma blanca i els pobles costaners de pena i dolor.

—No entenc per què no havíem de saltar del penyasegat —va interrompre en Marc—. Això que explica només són contes per a nens.

El vell coraller va somriure abans de continuar la seva explicació.

—Malgrat el càstig, les sirenes no van renunciar als seus jocs de seducció i els agradava de guarnir-se amb vels rogencs com el corall. De lluny, amagats en qualsevol racó ombrívol, els vilatans se les miraven embadalits, mig temorosos mig fascinats per tanta bellesa, i esperaven qualsevol descuit que els permetés apropar-se a les sirenes i prendre'ls els vels rogencs. Qui en posseïa un, diu la llegenda, tenia assegurat l'amor de la seva estimada i la felicitat eterna.

»Nois, jo he vist morir molta gent esclafada contra les roques que s'amaguen entre les onades. Des de dalt no ho sembla, però la mort és la veritable senyora d'aquest paratge. Mai no us refieu de les aparences i busqueu sempre dins vostre la veritat de les coses.

Van fer el camí de tornada en silenci. Només en Ramon i la Maria, a la cua d'aquella serp imaginària que formaven les bicicletes pels camins pedregosos, parlaven de les seves coses, aprofitant els darrers moments que podrien passar junts aquell estiu.

—Ramon, recordes els nostres petons d'aigua? Ara, quan he tornat a trobar-me amb els teus ulls, m'ha vingut al cap aquell darrer dia d'estiu que vam passar a cala Fosca —va dir emocionada la Maria.

—I la llegenda de les sirenes... La recordes també? —va voler saber en Ramon.

—Sí, i tant.

—Doncs ara mateix acabo de comprendre que el vell coraller tenia tota la raó del món quan deia allò que l'amor i la felicitat eterna tan sols depenen d'un petit gest de complicitat, com agafar un vel vermell com el corall a la dona que estimes.

I la Maria, amb un tímid somriure, va afegir:

—És clar, vas ser tu. Tu vas robar-me, aquella tarda, el meu mocador de seda. Ara ho entenc.

5

TRES LLÀGRIMES

Aquell esperat concert de dissabte a la nit va començar més tard del que tothom hauria desitjat. La platea del Palau estava caldejada, se sentien ara aquí, ara allà, proclames i consignes catalanistes i llibertàries. Les mostres d'eufòria col·lectiva incomodaven diversos sectors del públic, temorosos per la més que probable aparició dels homes forts del Règim a la ciutat.

—Bona nit i bona hora, estimades i estimats —va dir en Salvador Escamilla, micròfon en mà, dirigint-se als assistents al recital—. Com podeu veure, anem tard. I no és que no tinguem ganes d'escoltar la primera veu que ens cantarà, la màgica Jacinta. Però sabeu què passa? Doncs que de sobte s'ha enterbolit el cel i els primers núvols amenacen tempesta. I us ben asseguro que són uns núvols ben grisos, oi que ja m'enteneu?

Entre bambolines, la Maria i la seva mare, la Júlia, no es perdien ni un detall del que succeïa a l'escenari.

—Nena, no trobes que l'Escamilla ja està fent de les seves i algú pot picar-li la cresta en qualsevol moment?

—Mare, fa uns quants dies per la facultat corria el

rumor que en Salvador havia tingut un bon ensurt amb la censura. Es veu que fins i tot el van citar a les oficines que tenen allà, a l'Avenida del Generalísimo Franco. Quin valor que té aquest home, no trobes?

—Vols dir que això és valor, Maria? Jo més aviat ho titllaria d'inconsciència.

Mentre les autoritats ocupaven les seves butaques, va fer-se un silenci que només es trencava de tant en tant per algun xiulet impertinent i algun crit inconformista amb l'actitud altiva d'aquells homes foscos, que arribaven mitja hora tard: «Colla de feixistes, marxeu del Palau!», se sentia a peu d'escenari; «Mort al dictador! Visca Catalunya!», va ressonar des de les darreres fileres de platea.

L'ambient s'anava convertint per moments en una olla de pressió a punt d'esclatar, però l'Escamilla, amb el seu instint natural de supervivència, acostumat com estava a conciliar qualsevol mena d'estira-i-arronsa, de seguida va tenir clara quina era la millor solució per amansir les feres. D'una revolada va ficar-se entre bambolines, va agafar pel braç la Jacinta, la primera cantant de la nit, i la va portar a l'escenari, a peu de micròfon. Davant de tothom, discretament i a cau d'orella, mentre li premia suaument la mà, li va fer saber que era el moment de començar el recital.

El Palau va emmudir quan la cantant va començar a interpretar la peça «Sóc molt poca cosa», una cançó que a la Maria li va fer pensar de seguida que la seva vida era ben fràgil. Entre els temes del repertori, Jacinta va cantar «La Blancaneu», una cançó que pocs mesos més tard va enregistrar en un disc llarga durada que es titulava *Les cançons de Walt Disney*, un àlbum cantat en un duo amb l'home de ràdio i *showman* que l'acabava de presentar davant d'aquell encès auditori.

La resta de veus d'aquella primera part del concert, Mariano Albero i Jocelyn Jocya, també van aconseguir despertar entre els assistents adhesions i emocions, perquè les seves cançons eren molt populars i conegudes per tothom.

Les feres, ja amansides del tot, van rebre amb una gran tendresa aquella noia d'aspecte delicat, la Maria, que havia trobat el coratge suficient per dedicar unes breus paraules d'agraïment a tota aquella gent que tenia davant seu i que li feia tant de respecte.

—Bona nit a tothom, només vull dir-vos que sóc la Maria Riera, que aquest és el meu primer concert en públic, i que, si els nervis no em traeixen, interpretaré una antiga cançó de bressol, que em va cantar la meva àvia al llarg de tantes nits d'hivern de la meva infantesa. Desitjo que us agradi.

Tot i que l'auditori estava ple fins a la bandera —més de dues mil ànimes atentes a cada nota musical i a cada gest que es produïa a l'escenari—, per a la Maria, aquell era un concert íntim dedicat especialment a la dona que li havia donat la vida, a l'home que la va descobrir com a artista i que hi va creure des del primer moment, i al jove que anys enrere li havia robat el cor i que ara tornava a remoure els seus sentiments.

Des de la primera fila de platea, la mare de la noia plorava amb llàgrimes que eren fruit de la satisfacció de qui veu com la seva petita comença a obrir-se camí per si mateixa, però també de la tristor infinita de saber que el seu marit mai no compartiria amb elles moments com aquell. «Quants cops t'he repetit que, si fos per mi, agafaria la maleïda guitarra de la Maria i la cremaria a la llar de foc», va recordar que li contestava el seu espòs cada vegada que parlaven de la carrera artística de la seva filla.

Entre bambolines, l'Escamilla seguia l'actuació amb l'orgull d'aquell que se sap partícip d'un somni fet realitat.

I, finalment, en Ramon, clavat a la seva butaca, immòbil, atent no ja a cada nota, sinó a cada batec i a cada alè de la Maria. Ell també expressava amb els seus batecs les emocions d'un cor jove que després de massa temps adormit tornava a renéixer amb més força que mai.

Tres sentiments, tres emocions i una cançó de bressol.

6

PARAULES D'AMOR

L'anunci del recital al Palau de la Música Catalana de la pàgina 58, «Música, Teatro y Cinematografía», del diari *La Vanguardia* del dissabte 1 d'abril de 1967, deixava ben clar quin era el plat fort de la nit. El nom de Joan Manuel Serrat apareixia imprès al rotatiu amb un cos de lletra subtilment més gros que el de la resta d'artistes. El noi del Poble-sec, apadrinat per Salvador Escamilla, ja s'havia convertit en el cantant més estimat arreu del país, i tothom tenia ganes d'escoltar un bon grapat de cançons seves.

Aquella nit havia arribat el moment de desvetllar el gran misteri. El públic del Palau també era fidel oient del programa *Radioscope* i per fi estaven a punt de posar rostre i gest a la veu que els seduïa des de l'altra banda del receptor de ràdio.

El locutor va aparèixer a l'escenari a dos quarts de dotze lluint la corbata de seda que sempre tenia a punt per a les grans ocasions, perfumat amb la seva essència fresca de lavanda i amb un somriure generós, especialment còmplice. Carregat d'il·lusió i energia va obrir la presentació de l'estrella de la nit.

—Benvinguts de nou, estimades amigues i amics. L'artista que esteu a punt de sentir i, molts de vosaltres, de veure per primera vegada, ja ha arribat per seduir-nos un a un, ànima a ànima. Jo, que el conec bé en la distància curta, sé que avui tornarà a despertar les nostres sensibilitats i us vull confessar que, cada vegada que escolto una nova cançó d'en Joan Manuel, li dic que està tocat per una mà d'àngel. Ell em somriu i em diu que el seu únic secret són un munt d'hores de feina. I, per acabar la meva presentació, permeteu-me un rodolí. Ja és aquí el nostre artista més estimat, en Joan Manuel Serrat.

L'única cosa que va ser capaç de trencar l'encís d'aquella nit va ser l'aparició inesperada del torturador de la Vía Layetana. El comissari José García havia nascut a Sevilla, en plenes festes del Rocío de l'any 1916. Des que era un infant, a ell i als seus quatre germans, el seu pare, oficial de l'exèrcit destinat a Melilla, els havia inculcat l'ideari feixista a consciència. Un dels germans havia mort a la batalla de l'Ebre, un altre s'havia enrolat a la División Azul, i ell havia decidit, des de ben jove, pertànyer a la Quinta Columna, aquell grup d'homes que des del territori republicà treballaven per la victòria franquista.

Durant la Guerra Civil, García va ser reclòs a la famosa txeca del carrer de Vallmajor, on va ser salvatgement torturat abans de ser traslladat a un camp de presoners al Pirineu. Tota aquella experiència vital va forjar el seu caràcter, ressentit, venjatiu i, per damunt de qualsevol altra cosa, cruel. A la tètrica comissaria de Vía Layetana, García havia creat el seu propi univers, i tota la violència que havia patit en la seva pròpia carn, ara la retornava multiplicada per mil, a la mínima oportunitat que li donaven.

Tan bon punt va entrar l'inspector García i es va asseure al seu seient reservat, tot el xiuxiueig del públic de platea va emmudir. La presència d'aquell home fosc va transformar l'ambient de festa en una estranya tristor sobtada.

Dalt de l'escenari, Serrat seguia teixint les seves melodies, i tot just darrere del comissari, dos ciutadans de Barcelona mantenien una conversa en un encès to de veu.

—No puc suportar la presència del fill de puta d'en García. Tu creus, Jordi, que en un dia com aquest s'havia d'asseure tot just davant meu?

—Deixa-ho estar ja d'una vegada, que la vida continua. Mira cap endavant i, per favor, abaixa la veu que tothom ens està mirant.

—Saps què passa, que no pots entendre-ho perquè no ho has viscut. Aquella nit, als soterranis de la comissaria de Vía Layetana, van arribar a fer-me coses tan brutals que van deixar-me unes seqüeles que encara arrossego avui. En García en persona, acompanyat d'un dels seus homes de confiança, em van llançar contra una paret de ciment tacada de sang i humitat, i em van agafar el cap i el van fer xocar una vegada i una altra contra el mur. Vaig caure desmaiat a terra i aleshores, perquè no perdés el coneixement, en García em va aixafar les ungles dels dits dels peus. Sentia com els cops em ferien la carn i el cervell, mentre jo deixava anar suor i bava. Et ben juro que tot el que t'explico no és res comparat amb el que vaig sentir.

—Jaume, de veritat, prova de controlar els teus pensaments. Oblida tot allò i ara gaudeix d'en Serrat.

En García no s'havia perdut ni una paraula d'aquella conversa de la qual era protagonista. I mentre dibuixava un somriure cínic al rostre, va girar-se cap a ells dos i, amb un to autoritari i despectiu, va exclamar: «*¡Silencio, coño!*».

L'efecte va ser instantani. Els dos homes van decidir que el millor que podien fer era marxar del Palau i van marxar amb un amarg regust de boca.

El Palau de la Música va embogir quan Serrat va començar a tocar amb la guitarra els primers acords de «Paraules d'amor».

La Maria, asseguda al costat de la mare, a la primera filera de platea, de seguida va buscar els ulls d'en Ramon, que era a l'altra banda del passadís central de butaques.

Quan les seves mirades van trobar-se, tot es va aturar al voltant. Només eren ells dos i la veu d'en Serrat interpretant la que, a partir d'aquella mateixa nit, es convertiria en la banda sonora de les seves vides. Només eren ells dos, i aquelles paraules d'amor.

La noia va acomiadar-se de la mare amb dos petons, dient-li que no s'amoïnés, que digués al pare que arribaria a casa de seguida.

La Maria i en Ramon van sortir agafats de la mà, en silenci, i de tant en tant, a ell o a ella se'ls escapava un somriure nerviós, mig de timidesa, mig de complicitat. Ell va armar-se de valor, i mentre baixava les majestuoses escalinates del Palau, va decidir agafar-la per la cintura. I va ser així, que van travessar junts la porta giratòria que els dugué fins al carrer.

Van fer quatre passes fins a Via Laietana, i tot just enfilant el carrer Jonqueres, una veu familiar i sorneguera va exclamar:

—Ja era hora, eh, nois!

En girar-se, la Maria i en Ramon van veure en Marc, aquell guitarrista insolent amb el qual havien passat tants estius plegats a Begur.

—T'he de dir que has estat fantàstica, Maria! Qui ho havia de dir que acabaries compartint escenari amb el mateix Serrat. Saps una cosa? Des que he començat a la facultat, m'he oblidat d'en Dylan, de la meva guitarra i de tota la pesca. Però em fa il·lusió que tu segueixis això de la música. Sempre m'ha agradat com cantes.

Després de prometre's que es veurien ben aviat per

fer unes cerveses, la parella va seguir sola, Jonqueres amunt, fins al davant dels magatzems de roba de la llar, la Casa de las Mantas.

—Mira, Ramon, aquest matí m'he firat i he comprat tot això que porto a la bossa. T'agrada?

—Aquests llençols blau cel m'encanten. I saps què estic pensant?

—Ramon, no cal ni que m'ho diguis, que ja sé per on vas.

El noi, tan galant com sempre, va agafar la bossa que duia la Maria, i ella el va estrènyer pel braç que li quedava lliure.

Aquella nit de primavera, les estrelles brillaven amb intensitat i la lluna es mostrava orgullosa, en tota la seva plenitud.

Van arribar a la plaça Obispo Urquinaona, i allà mateix, en Ramon va aturar un taxi per a ella.

—Ens veurem demà?

—Per mi sí, demà i sempre.

I mentre el noi li obria la porta del cotxe, va apropar-se a ella, va fer-li un petó a la galta, i va dir-li a cau d'orella: «No en sabíem més, teníem quinze anys. No havíem tingut massa temps per aprendre, tot just despertàvem del son dels infants...».

7

CAFÈ DE L'ÒPERA

A força de cerveses i tes amb llimona, de confidències i de complicitats compartides, aquell entranyable local de les Rambles davant del Liceu es va anar convertint en l'oasi particular d'en Ramon i la Maria, l'espai on dibuixaven petons, carícies, il·lusions i pors, però també el lloc on s'anaven teixint noves amistats i coneixences.

El Cafè de l'Òpera, un dels epicentres de les ments més inquietes i creatives de la ciutat, ple d'idees fresques, et contagiava el seu esperit fins a encomanar-te les ganes de fer coses noves, de passar a l'acció, de transformar els grisos en una infinita paleta de colors.

La Maria i en Ramon s'havien fet seva la taula més arrecerada que hi havia al fons del bar. I no només això, sinó que a força de veure'ls i de xerrar amb ells, en Jaume, el cambrer més jove, s'havia convertit en el seu amic, i cada vegada que la parella entrava al bar, els anava a rebre a la porta i els acompanyava fins al seu racó.

—Ramon, aquest matí a casa hi ha hagut un daltabaix. No et pots imaginar com estava el pare.

—I què ha passat aquesta vegada?

—Al pare no li agrada que torni a anar amb tu. I està fent l'impossible perquè no ens vegem. Saps totes les cartes i els poemes que m'havies anat enviant i que jo guardava a la capsa del calaix de la tauleta de nit? Doncs ja no la tinc. Aquest matí, quan he obert el calaix, havia desaparegut. He anat cap al menjador i m'he trobat el pare com posseït. Estava llegint i estripant amb fúria les teves paraules, Ramon.

—Maria, però tu estàs bé amb mi, oi? Que no li agrada veure la seva filla feliç?

—No ho sé, ja saps que em costa molt d'entendre'l. És un home difícil.

—I la teva mare, com ho veu tot plegat?

—La mare ni s'hi posa. Cada vegada que ens veu discutir, mira a terra, fa mitja volta i marxa. De fet, crec que si pogués, al pare li agradaria que desaparegués de Barcelona, com aquella vegada que va enviar-me a l'internat de Suïssa. Te'n recordes?

A la Maria li va venir un calfred i va sentir un lleuger malestar pel sol fet de tornar a recordar aquells foscos mesos reclosa en l'internat. Mentre bevia petits glops de te ben calent, la seva memòria va recular fins als quinze anys. De sobte va veure's baixant d'aquell tren, amb una cinquantena de nens i nenes més, tots desorientats, mig plorosos, amb la sensació de voler tornar urgentment cap a casa. I va haver d'empassar-se saliva, quan va veure els ulls inquietants d'aquella severa institutriu germànica amb posat militar que va rebre'ls a peu d'andana i que va portar-los fins a les instal·lacions de l'Aiglon College, el prestigiós centre escolar on hauria de passar els propers mesos.

—Com és que vas desaparèixer sense dir-me res? Mai no ho vaig entendre. Què et va passar?

—Va ser cosa del pare. Com que tots els seus amics ho feien, ell també va pensar que la seva filla havia de passar una temporada als Alps.

—No saps com vaig trobar-te a faltar...

—T'asseguro que no va ser gens fàcil per a mi, Ramon. Els dies i les nits es feien eterns. Vaig arribar a odiar aquell uniforme gris que havia de vestir tothora, i el seu escut, brodat damunt del pit, amb la majestuosa àguila d'ales desplegades, on hi havia escrit un lema amb lletres daurades que deia: «*God is my strenght*». Vaig odiar aquell uniforme i tot el que representava, i també la boira i el fred. A mesura que anaven passant els dies, jo sentia com m'anava gelant per dins.

—Estàs bé, Maria?

—No del tot, encara. És important que entenguis com vaig viure aquella temporada, perquè tot allò em va marcar. La vida allà dins no era gens fàcil. Em van assignar una habitació amb dues noies més, la Sabine i la Rosemary. Una d'elles va acabar convertint-se en la meva millor amiga, i a l'altra, de fet, no vaig poder coneixe-li ni la cara.

—Com va anar la cosa?

—Doncs que a l'Aiglon College no te'n passaven ni una, i a la Rosemary, el primer dia que va posar els peus al centre, la van enganxar fumant marihuana al lavabo i la van expulsar immediatament, sense contemplacions. No va tenir temps ni de desfer la maleta.

—I com era el teu dia a dia?

—Tinc molt present la neu, el fred, els horaris estrictes, les expressions severes, i l'obsessió que tenien per obligar-nos a combregar amb aquella educació helvètica. Eren tan estrictes, Ramon. Sempre s'omplien la boca amb dues paraules que per a ells eren com un talismà: *balanç* i *equilibri*. Deien que un jove havia de viure a mig camí entre els estudis i l'activitat física, entre el plaer i l'esforç. Però t'asseguro que tot allò, per a nosaltres, només eren teories i paper mullat, perquè, a la pràctica, estaven obsessionats a convertir-nos en grans líders, sense ànima, experts en organització i motivació d'equips. Ens enfrontaven els uns contra els altres perquè traguéssim les urpes, perquè demostréssim que en un moment donat, no existien ni amics ni res, només la competitivitat i el desig de guanyar a qualsevol preu. La Sabine va ser el meu únic consol.

—Per cert, Maria, per què no m'has parlat mai de la Sabine?

—Hi ha tantes coses que no saps de mi, Ramon.

—I què diries que és el que t'uneix amb tanta força a ella?

—És tan senzill... Ella va salvar-me.

—Ara sí que no t'entenc, Maria.

—Una gèlida nit d'hivern vaig tenir un malson terrible. M'imaginava caminant nua per la neu i, a cada passa que feia, deixava darrere meu un rastre de dolor vermell. I el pitjor de tot, Ramon, va ser que aquell somni es va convertir en realitat. L'endemà mateix, sense saber ben bé el que em feia, vaig dir que estava malalta, i, mentre tothom esmorzava, vaig tancar-me a la cambra de bany, vaig omplir la banyera fins a dalt, i amb unes tisores vaig jugar amb la meva vida.

—Maria, llavors, les marques que tens als canells?

—Sí, són d'aquell matí. Per sort, la Sabine va trobarme a temps...

Mentre l'acaronava, incapaç de pronunciar cap paraula, en Ramon no podia deixar de pensar que l'atzar s'havia inclinat a favor seu. La vida i la mort s'havien besat perillosament els llavis en aquell llunyà internat dels Alps.

Però ara tot havia canviat. Tornaven a estar junts, i res ni ningú podria tornar a separar-los mai.

Amb el temps, els nervis de les primeres cites van deixar pas a la serenitat i als fluids que omplen de màgia la vida, i tot seguit van arribar les paraules i els rituals d'amor. El que va començar sent una gràcia entre enamorats es va acabar convertint en tot un pelegrinatge setmanal fins al parc de la Ciutadella, on després de fer-se la promesa que el seu amor seria etern, llançaven una rosa vermella a l'estany.

Sempre era el mateix: una rosa de colors vius i fragància encisadora que surava per aquelles aigües tèrboles com si fos un petit vaixell carregat de paraules d'amor que navegava cap a un destí incert.

8

TUSET STREET: DAY & NIGHT

—Ramon, ja t'he dit que no m'agrada gens que vagis pel món amb aquests cabells tan llargs i mal tallats. Sembles el que no ets.

—Però què vols dir? Que no t'agrada com vaig, al meu aire?

—És clar que m'agrades, carallot, però és evident que cal que fem alguna cosa.

El carrer Tuset s'havia convertit en el cor de les noves tendències i de la gent més avantguardista, una mena de Carnaby Street londinenc a la mediterrània.

La perruqueria de Pascual Iranzo s'havia instal·lat al número 1 de Tuset Street, i respirava l'aire més innovador dels *coiffeurs* de París.

Quan la Maria i en Ramon, a mitja tarda, van creuar la porta d'entrada de l'establiment, van veure com en sortia en Joan Manuel Serrat, un dels clients més habituals. El cantautor va saludar-la amb una aclucada d'ulls i, sense aturar-se ni un instant, va encaixar la mà d'en Ramon, i d'esma, va encendre's una cigarreta.

El perruquer va quedar-se mirant en Ramon, analitzant detall a detall com podria transformar el seu *look*, i tot seguit va fer-lo seure al rentacaps, li va fer una ensabonada, un bon massatge relaxant, i en un tres i no res, va treure les tisores i tots els estris i va començar a fer feina.

Mentre la Maria esperava, fullejant la revista *Ondas*, mirava encuriosida i de reüll com anava canviant el seu xicot.

—Tanca els ulls, Maria, que l'Iranzo diu que ja estic a punt.

—A veure, a veure? Caram, Ramon, et queda genial. Molt millor del que em pensava. Ara ja no sembles un *hippy*.

Van sortir agafats de la mà de la perruqueria. En Ramon s'anava tocant el cap, tractant d'acostumar-se a aquell nou pentinat, i la noia, orgullosa i mig riallera, anava dient-se a si mateixa «quina bona fila que fa el meu noi».

—Vine, Maria! M'he tallat els cabells com tu has volgut, ho he fet per tu. Però ara m'hauràs d'acompanyar a triar la meva moto nova.

—Ja saps que em fan molta por.

—Però no serà per a tu, la portaré jo.

Es van plantar davant de l'aparador de la botiga de vespes que hi havia a Tuset mateix, i mentre en Ramon escurava l'última pipada de la seva cigarreta Gitanes, la Maria li reclamava l'atenció perquè ell s'havia quedat embadalit contemplant una màquina de color vermell que semblava fabricada a la mida dels seus somnis.

—Si la vols d'aquest color, te la puc servir en una setmana. I la passes a buscar aquí mateix. Estigues segur que te la deixaré bé de preu.

—Però te la podré pagar a terminis?

—I tant que sí, ja pots comptar-hi. La setmana vinent ja és teva.

En Ramon va sortir eufòric del concessionari, i van decidir d'anar a fer un mos. Davant del luxós restaurant Reno, hi havia tota una col·lecció de cotxes imponents de vidres fumats, aparcats en segona i tercera fila, que pertanyien a ministres, directors generals, empresaris i homes forts del Règim que freqüentaven el local.

—Va, Ramon, corre, no ens hi aturem gaire que encara ens trobarem el meu pare i ens enxamparà. Ell sempre diu que és el seu restaurant preferit. De veritat, no tinc ganes de trobar-me'l.

—Va, doncs, marxem d'aquí.

—He pensat que podríem anar a fer unes tapes i una cervesa aquí mateix.

—A quina hora has quedat al Bagatela?

—La colla hi anirà a partir de les deu del vespre. Tampoc no tenim tant temps, si hem de sopar i tot plegat.

El Bagatela era un dels bars més de moda de la ciutat. La Maria ja hi havia estat diverses vegades. En Ramon el descobriria aquella mateixa nit.

La noia va apropar-se a la barra i amb els ulls va buscar al seu bàrman preferit, en Quique. Era un jove nerviós i espigat, que sempre duia els cabells llargs, molt arrissats i lleugerament despentinats, però el seu somriure i la seva habilitat a l'hora de preparar el combinat especial de la casa l'havien convertit en el centre d'atenció.

—Aconseguiré que avui em diguis quin és el secret?

—M'ho he de pensar una mica, Maria. Ja saps que és un dels enigmes més ben guardats de la ciutat.

—Va, home, va. No et facis pregar tant.

—Amb la teva cara de bona nena, sempre aconsegueixes tot el que vols, Maria.

—Ets un sol, Quique...

—Mira, si hi ha cap còctel que s'hagi distingit per la seva classe arreu del món, aquest és el Dry Martini. Tot i ser una beguda aparentment senzilla, que combina gin i vermut, és tot un clàssic que mai passa de moda.

—Resolem el misteri, llavors?

—Si se n'assabenta l'amo del Bagatela, sóc home mort. Però va, apunta. Els ingredients són: vermut sec, gin, llimona i olives verdes farcides amb anxoves de l'Escala, si pot ser. Les proporcions ideals de vermut i gin són un terç de vermut per dos terços de gin, però el veritable secret és fer servir begudes de qualitat.

—I com ho prepares i ho serveixes, Quique?

—Ets una tafanera, Maria! Realment sembla que em vulguis prendre la feina...

—M'has descobert!

—Doncs llavors millor que aprenguis l'ofici amb l'estrella dels còctels.

—M'estàs parlant de tu, oi Quique?

—Pren nota, alumna: Omples una coctelera amb glaçons, el gin i el vermut amb les proporcions adequades, i agites sense batre mai. I en el moment de servirho, cal fer-ho en unes copes prèviament gelades, on has d'afegir unes gotes de llimona i l'oliva farcida. Després, perquè el còctel resulti realment plaent, només caldrà una bona conversa a cau d'orella i unes carícies sensuals.

—Ets un mag, Quique. A Barcelona tothom parla dels teus poders. Ara ho entenc tot...

—Va, vés. Que ja han arribat els teus amics...

De seguida van posar-se tots d'acord. El proper cap de setmana, per unanimitat, anirien a Cadaqués a gaudir d'uns bons dies lluminosos de juliol.

Per a la majoria, la nit va acabar allà. Però la Maria, en Ramon i uns quants més van decidir anar a fer l'última copa i a escoltar música en directe.

El carrer Tuset, aquella nit d'estiu, bullia. Davant la porta de La Cova del Drac hi havia una cua gegantina que arribava fins a la travessera de Gràcia. Allí, mentre esperaven per entrar, veien la desfilada de models que havia organitzat un jove dissenyador que tot just havia acabat d'arribar de Londres. Era una *performance* amb música psicodèlica i un muntatge fet a base de llums estroboscòpiques. Les models, posseïdes per l'esperit de la festa, semblava que haguessin perdut el cap. I no només desfilaven, sinó que ballaven i saltaven al ritme frenètic de la música que ho envaïa tot.

9

LLAVIS DE SAL

El viatge en l'atrotinat autocar de la Sarfa es va fer molt llarg. La carretera era dolenta i els revolts no s'acabaven mai. Dues noies de la colla van arribar a marejar-se fins al punt que una no va aguantar més i va vomitar en una bossa pensada per a situacions límit com aquella.

A última hora del matí van arribar a Cadaqués i de seguida van trobar l'establiment on haurien de passar el cap de setmana. L'Hotel Llané Petit era tota una institució al poble, sobretot per la seva situació privilegiada a tocar de la badia de Cadaqués.

Des de Barcelona havien reservat per telèfon les cambres i de seguida es van organitzar entre ells. Els nois compartirien una habitació triple, i elles quatre, dues de dobles. Totes amb vistes al mar.

Un cop van buidar les maletes i van fer-se una dutxa ràpida, van vagarejar una estona per aquells carrers empedrats i antics, pintats de blanc i amb aroma marinera.

La calor i el sol eren tan intensos que, buscant un recer d'ombra, van acabar entrant a l'església de Santa

Maria, on van contemplar un retaule barroc que en Ramon va immortalitzar amb la seva càmera Polaroid Instamatic.

Després de la passejada, se'ls va obrir la gana i van demanar referències als vilatans fins que van anar a petar a L'horta d'en Rahola, un dels restaurants més típics de la Costa Brava.

A més de passar un cap de setmana divertit a Cadaqués, la Maria hi anava amb un altre objectiu. Estava estudiant Belles Arts a la facultat i un dels professors li havia encarregat un treball sobre Dalí. Ella pretenia fer una entrevista al pintor per tenir una matrícula d'honor del treball i aprofitava la mínima ocasió per esbrinar més coses del genial artista.

—M'han dit que en Dalí ve a dinar bastant sovint per aquí...

—Precisament dimecres passat seia allà, a la taula del fons.

—I què acostuma a menjar? Quin és el seu plat favorit?

—Doncs el plat típic de Cadaqués i el d'aquest restaurant, és clar: el suquet d'escórpora, un peix que viu entre les roques.

—I com el prepareu, el suquet?

—És molt senzill: tomàquets madurs, oli d'oliva, poca aigua, patates de l'hort, una escórpora ben grossa, alls, un rajolí de xerès, sal i julivert. I perquè quedi realment bo, és important seguir el consell de la meva àvia:

«Cal ser boig amb el foc, prudent amb l'oli i avar amb l'aigua». Aquest és el secret d'un bon suquet.

—Crec que ens ha convençut, mestressa. Farem un suquet d'escórpora per a set...

Amb la panxa ben plena i el cap una mica emboirat per unes quantes copes de vi, van seguir la pista de Dalí i van anar a trobar l'antic camí de Portlligat que els duria fins a la platja de Sant Antoni, on el pintor tenia la casa.

Quan van arribar a aquell racó de món, van tenir la sensació que no eren davant d'un paisatge construït per la natura, sinó més aviat traçat pels pinzells d'un artista.

Damunt la sorra de la platja hi havia barques varades, dones velles, de pell solcada pel temps, que teixien pacientment unes xarxes, i un grup de pescadors que cantaven havaneres i tocaven guitarres i acordions, mentre d'altres preparaven un cremat que fumejava i escampava l'aroma de rom i cafè.

De sobte, la Maria va girar la mirada, i, tot i la llunyania, va reconèixer el perfil del pintor de Cadaqués. L'home era allà, intensament concentrat en el mar i fent anar diabòlicament els pinzells damunt una gran tela.

La noia va dir als seus amics que tornava de seguida i es va apropar a l'artista.

—Us fa res si us contemplo treballar una estona, mestre?

—Deliciosa poncella, per a mi serà un plaer que la teva dolça mirada m'acompanyi el temps que et plagui.

—Què esteu pintant ara?

—Pesco tonyines amb els meus colors...

—Què voleu dir amb això?

—Tot el que tu vulguis entendre. Vull dir-ho tot i alhora no vull dir absolutament res. Oi que m'entens?

—L'única cosa que entenc és que estic davant d'un geni veritable.

—Un geni, dius? No, jo només sóc un esperit que interpreta tota aquesta veritat que veus davant teu: el mar, les roques, els pins, el cel, el vent... Però saps qui va ser realment genial? La Lídia de Cadaqués...

—No la conec. Qui era aquesta dona?

—Jo, com el poeta Lorca i el cineasta Buñuel, li professava una veritable devoció. La Lídia posseïa el cervell paranoic més magnífic que he conegut mai, a part del meu, és clar.

—Que també era artista?

—Era molt més que això. La Lídia era la venedora de peix de Cadaqués, i sempre deia a tothom que ella era la Teresa, la protagonista de la novel·la *La ben plantada*, del gran Eugeni d'Ors. Quan penso en ella, en l'actitud majestàtica de la seva figura, la veig com una dona olivera, ben arrelada a la roca viva. Ella, i només ella, va acollir-nos a tots, eternament, a Portlligat.

—Quin personatge més fascinant.

—Has de saber que la Lídia Noguer i Sabà, filla d'una de les últimes bruixes de Cadaqués, també va treballar com a hostalera i acollí a casa seva personatges tan il·lustres com Picasso i Puig i Cadafalch. De fet, jo era ben menut i ella ja ens explicava contes carregats de màgia a mi i a tots els nens del poble. I també has de saber que si visc en aquesta casa es gràcies a la Lídia.

—Què voleu dir?

—La Lídia va ser qui ens va vendre la caseta de pescadors on els seus fills guardaven els estris de pesca. I aquí és on vull viure definitivament amb la Gal·la, la meva esposa. Aquest, i només aquest, és el meu lloc al món...

Quan la Maria va tornar amb la colla, no podia treure's del cap les històries que li havia explicat Dalí. Va nedar, va prendre el sol, va riure, va tancar els ulls per besar en Ramon, però dins del seu cap bullia tot aquell univers que li havia descobert el gran pintor.

Un dels joves de la colla va començar a tocar els primers acords amb la guitarra que li havia deixat un dels pescadors, i la Maria es va posar a cantar. Cantava amb la veu i amb l'ànima. Se sentia immensament feliç aquell daurat capvespre d'estiu.

L'aroma de les sardines els impregnava la pell i el gust del vi els omplia tots els sentits. Les havaneres i el cremat van començar a exercir el seu sortilegi, a fer el seu efecte, fins que tots els amics van anar quedant endormiscats davant les brases de la foguera que s'anava apagant ben lentament.

La Maria va agafar de la mà el seu estimat i va portar-lo lluny dels altres, entre unes barques que també jeien adormides, a l'altre extrem de la platja.

Els petons i les carícies van anar encenent el seu foc. No es deien res. No calia. I mentre encetaven el vertigen del primer amor, els seus cossos nus van anar rodolant, de la sorra a l'aigua. I, com va deixar escrit Ernest Hemingway amb lletres d'escuma i sal a *El vell i el mar*: «Es gronxaven com si tot l'oceà estigués fent l'amor amb ells dos».

10

REVOLUCIÓ I PÓLVORA

—Ramon, aquesta nit has de venir amb nosaltres. Et necessitem. He parlat a tothom de tu...

—Lluís, em fas més por que una pedregada.

—Ja ho saps, germà. En aquests temps de foscor ens cal passar a l'acció, més que mai. Si no fem res per aturar aquesta bogeria, això durarà un munt d'anys més. I digue'm la veritat, tu vols seguir mossegant, dia i nit, la pols que els feixistes ens donen per esmorzar, dinar i sopar? Només amb la força de les armes podrem començar a fer el nostre camí, amb la llibertat que ens mereixem.

—Mai no he cregut gaire en allò de l'ull per l'ull. Penso que les lluites es guanyen d'una altra manera, amb la força de la raó, amb arguments de pes —va contestar en Ramon.

—Va, deixa't de teories inútils i agafa aquesta motxilla. A dins trobaràs totes les raons de pes que necessites. Tu ja m'entens...

—No, no sé de què em parles...

—D'acord, ja seguirem aquesta tertúlia un altre dia. Però podem comptar amb tu, no? Vindràs?

Aquella mateixa mitjanit, un Seat 850 de color verd aigua va recollir els dos germans, que esperaven a la cantonada de casa seva, al barri de Gràcia. No les tenien totes amb aquella temerària acció que estaven disposats a fer, i, envoltats d'un silenci sepulcral, els quatre nois van decidir anar cap a Montjuïc per acabar d'organitzar els darrers detalls d'aquella acció d'assalt. Estaven nerviosos, insegurs, els suaven les mans i el front, mentre mig amagats en la foscor d'aquell solitari descampat, ocultaven barroerament la matrícula amb cinta aïllant negra, es col·locaven els passamuntanyes i preparaven, amb més bona voluntat que coneixement, un còctel Molotov d'estar per casa amb el qual pretenien atemptar contra la caserna de guàrdies civils de la plaça d'Espanya.

Quan ho van tenir tot a punt, van abraçar-se com si fos l'última vegada que s'haguessin de veure les cares, i al crit de «Visca Catalunya, mori el dictador!», van pujar al cotxe i van dirigir-se cap a l'avinguda de la Reina Maria Cristina enfilant amb decisió el breu camí que els havia de conduir fins al seu objectiu.

Els dos guàrdies civils que vigilaven la porta de la caserna, amb tricorni, uniforme i metralleta en mà, fumaven la seva cigarreta habitual i xerraven distretament de futbol, però quan van adonar-se que aquell 850 feia unes ziga-zagues i unes sorolloses frenades sospitoses, de seguida van intuir que alguna cosa no anava del tot bé. Van llençar les cigarretes a terra, van arrapar-se a les seves armes i van posar els cinc sentits en alerta màxima.

El cotxe dels nois, ja davant mateix del portal de la guàrdia civil, va aturar-se de cop. En Lluís va abaixar a tota velocitat el vidre de la finestreta de la porta del davant, i amb totes les seves forces va llançar aquell rudimentari artefacte explosiu contra els armats, que va impactar amb més pena que glòria, molt lluny d'on havien previst. La resposta va ser immediata, i els dos homes que només uns minuts abans comentaven, amb ràbia, la derrota del seu equip per un gol fet en pròpia porta d'en Zunzunegui, el jugador del Real Madrid, van preparar les seves armes i, sense pensar-s'ho ni un instant, van disparar contra el cotxe que havia arrencat amb fúria i avançava Gran Via avall. Amb la roda punxada pels impactes de les bales dels homes de la benemèrita, els quatre aprenents de revolucionari van treure's d'una revolada els passamuntanyes foscos i van adonar-se, per contrast, de la pal·lidesa dels seus rostres.

—Lluís, m'ho he estat rumiant molt i t'ho dic de veritat: no tornis a comptar amb mi per a aquestes coses. Saps?, aquestes últimes nits he tingut malsons. Sentia repetidament aquells trets, les frenades del cotxe i l'adrenalina que ens embalava el cor. Tot això no fa per mi...

—Doncs, francament, m'has decebut. Jo em pensava que tu també eres un patriota com nosaltres. Oi que sempre t'omples la boca parlant de París? Doncs allà, la gent de la nostra generació, ara mateix està aixecant barricades i han abandonat les teories per passar a l'acció.

—Mira, m'he adonat que ja no crec que les coses se solucionin amb la violència. Si seguim fent allò de l'ull per ull, aviat ens quedarem tots cecs. Per mi els conflictes se solucionen amb la força de les idees, amb el diàleg, fent política.

—D'acord, Ramon, tot és clar. A partir d'ara els nostres camins se separen. Espero que tinguis sort, però jo continuaré lluitant amb el llenguatge de la pólvora.

Mentre s'allunyava de la plaça del Sol, el cap d'en Ramon bullia. No podia deixar de pensar en la intensitat de tot el que havia parlat amb el seu germà: la lluita armada o la força de les idees. Creia que ho tenia ben clar, però a mesura que enfilava passeig de Gràcia avall, s'adonava que la complexa realitat no podia reduir-se al blanc i al negre. La vida era molt més que això.

Amb les mans a la butxaca, una cigarreta als llavis i un pas lleuger, semblava el protagonista d'una d'aquelles cançons de Dylan, un personatge solitari a la recerca de la seva pròpia veritat.

Va arribar a les vuit en punt al Cafè de l'Òpera, on ja l'esperava, a la seva taula de sempre, la Maria. Només veure'l entrar al local, la noia va interpretar, per la seva mirada tèrbola, que alguna cosa important l'amoïnava.

—Ramon, com ha anat amb el teu germà? Sou tan diferents...

—Avui per fi ha quedat tot clar. Maria, vull que sàpigues què és el que em crema per dins. L'altre dia, vam llançar un còctel Molotov contra una caserna de la guàrdia civil, i tot just en l'instant de fer-ho vaig adonar-me que allò no feia per mi. Quan vaig sentir els trets que esclataven contra el metall del cotxe, vaig passar tanta por que em vaig prometre a mi mateix que no tornaria a passar mai més per una situació com aquella.

—I per què ho vas fer? Estàs ben boig, Ramon! No vull ni imaginar-me què hauria passat si...

—Ja ho sé, no pateixis. La meva vida, a partir d'ara, canviarà radicalment. Crec en la política, no en l'acció armada. Aquí a Barcelona les coses mai no seran com a París. Allà sí que les bombes i les barricades al carrer tenen el seu pes ideològic. Però t'asseguro que imitar-los fil per randa no té cap mena de sentit i no ens ajudarà gens.

—Mira que ets ruc, Ramon, però sàpigues que facis el que facis, sempre em tindràs al teu costat. T'estimo com mai.

Fidel a les seves promeses, l'endemà mateix d'aquella trobada amb la Maria, en Ramon va fer els tràmits necessaris per formar part del PSUC. Mai no tornaria a agafar un fusell, però sí que es comprometria a fons a lluitar amb tota la seva energia perquè aquell món franquista s'extingís d'una vegada per totes.

II

LA MALEDICCIÓ DELS KENNEDY

«Sens dubte que s'ho mereixia, va guanyar-s'ho a pols!», va exclamar en Joan Riera mentre començava a tallar el seu entrecot al pebre amb la precisió d'un cirurgià. Era ben evident que la tràgica notícia de l'assassinat d'en Bob Kennedy que estava anunciant l'informatiu de televisió d'aquell 6 de juny li havia alegrat el dia. El dia abans el senador americà havia fet un discurs encès als seus electors a l'Hotel Ambassador de Los Angeles. Mentre avançava per un passadís ple de gent cap a les cuines de l'hotel, en Sirhan Bishara Sirhan, un home de vint-i-quatre anys d'origen palestí, va aparèixer del no-res i va disparar contra la multitud amb un revòlver del calibre vint-i-dos. Diverses persones van resultar ferides, entre les quals el senador, a qui l'assassí havia disparat a boca de canó. Robert Kennedy va morir unes hores més tard, als quaranta-dos anys.

—Joan, hauries de ser un bon cristià i predicar amb l'exemple. Hem de tenir compassió de les desgràcies dels altres. No pot ser que et faci feliç la mort d'un home just com en Kennedy.

—Júlia, no et fiquis allà on no et demanen i serveix-me una mica més de vi. Vols fer el favor...

—Aquesta família sembla que estigui maleïda. Fa uns quants anys ja li va tocar al president, el seu germà, i ara el complot es repeteix. Segur que tot plegat deu ser cosa de la màfia.

—No tens ni idea de què parles. Vés cap a la cuina i prepara'm un bon cafè amb unes gotes de Calisay. Si han pelat aquest paio, ben fet que està. I deixa't estar de malediccions. Si se'ls estan carregant a tots deu ser perquè són uns indesitjables...

A casa d'en Ramon aquella mateixa notícia es vivia d'una manera molt diferent. Ell i el seu germà Lluís, amb la mirada fixa al televisor, no van poder seguir menjant les hamburgueses i les patates fregides que tenien al davant, perquè de sobte se'ls va regirar l'estómac. Les imatges eren tan esgarrifoses que, tot i ser en blanc i negre, els semblava que tota aquella sang traspassava la pantalla i arribava a tacar les estovalles de la taula.

—Lluís, te n'adones? La llibertat sempre està amenaçada de mort.

—Ho veus com tinc raó, Ramon? La llibertat que tu tant prediques i desitges només es pot assolir amb la força de les armes. Les paraules són paper mullat.

—No, Lluís, la sang vessada sempre és i serà del tot inútil.

—Nois, voleu fer el favor de parar d'una vegada? —va exclamar la Gemma, la mare dels dos germans—. En aquesta casa ja n'hem tingut prou, de desgràcies, amb el vostre pobre pare, que no era més que una ànima de càntir, el més ingenu dels homes. Era dels que creien que pagava la pena morir per una idea. Quanta misèria! I pensar que aquella freda matinada va aparèixer el seu cadàver flotant a la bocana del port de Barcelona... La policia mai no em va dir què havia passat, però jo estic convençuda que el van matar per les seves idees contràries al Règim.

—Mare...

—Deixa't estar tu, de mare. No vull més crespons ni dols en aquesta casa. Ens mereixem viure en pau i amb una mica d'alegria, nois. Cada vegada que us veig discutir per temes de política em poso malalta. Aquest bon home d'en Kennedy també era una mica com el vostre pare.

—Què vols dir?

—Sí, home, una mica somiatruites. I ja veieu de què li va servir, tot plegat. Quina tragèdia; que descansi en pau. I ara deixeu de jugar perillosament a Caín i Abel.

—Mare, no t'amoïnis que nosaltres mai no ens matarem l'un a l'altre.

—He vist coses tan estranyes, fills meus. La vostra àvia m'ha explicat tantes vegades com es mataven els germans, els cosins, els amics entre ells, per una petita discussió: que si tu ets d'aquest color, que si jo sóc de l'altre color; que si jo defenso aquests i jo defenso els altres. I al capdavall, sabeu què, nois? Doncs que tots van acabar tenyits per l'aroma fastigosa de la sang vessada inútilment.

—Va, mare, deixa de repetir una vegada i una altra les mateixes històries de sempre. Tot allò forma part del passat i recordar-ho ara no ens serveix de res.

—Que n'estàs d'equivocat, fill meu. Si no tenim memòria i no sabem aprendre dels errors comesos en el passat, estem perduts. Sempre he pensat que la nostra família està maleïda, que sempre hi ha hagut molta mort al nostre voltant. M'he passat mitja vida vestida de negre. Us adoneu de què vol dir, això?

—Però mare, ets tu la que t'obstines i et condemnes a tanta foscor. En Lluís i jo sempre t'hem dit que et posis vestits de flors i de colors, que surtis al carrer, i fins i tot que et tornis a enamorar. Per què no ho fas d'una vegada?

—No és tan senzill com et penses. Tu no pots entendre-ho.

Aquella tarda de finals de primavera, la Rambla era un esclat de colors, de somriures i de pètals.

El Cafè de l'Òpera estava ple de gom a gom perquè tot just a l'altra banda del passeig, al Gran Teatre del Liceu, aquella nit la soprano Montserrat Caballé estava a punt de convertir-se en el personatge de la Manon del gran autor Massenet, i la societat barcelonina més selecta s'havia congregat en aquell santuari musical.

La taula habitual de la Maria i en Ramon estava ocupada, però de seguida, en Jaume, el seu cambrer predilecte, els va buscar un lloc a la barra i els va servir les begudes de sempre: una cervesa per a ell i un te amb llimona fumejant per a ella.

—Ja has vist les notícies a la televisió aquest migdia? Un altre Kennedy que es pensava que podria salvar el món amb la seva filosofia d'estar per casa, sobre la llibertat, la igualtat i tota la pesca. Frases molt boniques, però gens reals.

—Maria, Luther King ens va ensenyar a tenir esperança en la vida quan deia allò tan bonic i tan necessari que «si sabés que el món s'acaba demà, jo avui encara plantaria un arbre».

—Martin Luther King, dius? Un altre perdedor de la història...

—Si tanco els ulls i m'esforço a oblidar que ets tu qui em parla, de seguida em vénen al cap, fil per randa, les paraules i els gestos del teu pare. Maria, per què no proves de ser tu mateixa?

—Què vols dir amb això? T'estic dient el que jo penso.

—Doncs a mi, francament, no m'ho sembla. Viure en aquella casa t'està contaminant l'ànima.

—Doncs jo crec que ets tu qui està contaminat d'idees

absurdes, d'un món absurd que no existeix ni existirà mai.

—Maria, tu no ets aquesta. No et reconec. Va, vine aquí i fes-me un petó.

—Ramon, t'adones que som dos mons diferents? Però t'estimo tant...

12

WHISKY, FUM I JAZZ

Barcelona havia estat feia anys la porta d'entrada del jazz a la Península, i el seu buc insígnia, el Jamboree, al número 17 de la plaça Reial, tancava les portes. A principis dels anys seixanta, l'empresari Joan Rosselló havia convertit el bar Brindis en una cava de jazz i, durant molt temps, grans artistes com Bill Coleman, Chet Baker, Lou Bennet i Dexter Gordon, en cadascuna de les seves gires europees per Londres, París, Roma o Berlín, feien una parada obligatòria en aquell local de culte de la Ciutat Comtal.

Havia arribat la modernitat, i els barcelonins tenien ganes de nous aires. Totes les èpoques tenen la seva pròpia banda sonora i el jazz començava a tenir les hores comptades. I en aquella mateixa plaça, la de la gran font i les majestàtiques palmeres, gairebé porta per porta, un altre local congregava tota la clientela a ritme de flamenc, el Tarantos.

Aquella freda nit del 16 de desembre de 1968, però, el local que havia estat batejat amb una paraula d'origen zulu que volia dir 'reunió de tribus', feia més que mai honor al seu nom. L'enorme cua de gent davant la porta del Jamboree arribava fins a les Rambles. Ningú no volia perdre's el tancament del centre de grans plaers i bones estones que havia regalat a tanta gent d'arreu del món.

Quan la Maria, en Ramon i tota la colla van aconseguir tenir a la seva mà el tiquet d'entrada, van descarregar els abrics i les jaquetes al guarda-roba i van ocupar posicions en una de les barres del bar.

Els músics, ja damunt l'escenari, feien les darreres proves afinant els seus instruments. El trompetista ros nord-americà dibuixava escales i notes disperses amb el so càlid del vent que aconseguia convertir en foc. El bateria adolescent, acabat d'arribar de París, transformava les seves baquetes en energia en estat pur, i el pianista d'aire despistat es perdia i es retrobava una i mil vegades en el laberint de les blanques i les negres.

—Maria, aquesta nit ens mereixem un whisky —va cridar en Ramon, recolzat damunt la barra, mentre encenia d'un cop sec el seu encenedor Zippo i una lleugera olor de benzina cremada li recordava els moments en què accelerava la moto a tota velocitat pels carrers de la ciutat.

—D'acord, avui jo també me'n prendré un. Però que m'hi posin molts glaçons.

—Va, Maria, per un dia que et beus un whisky, pren-te'l com Déu mana... —va punxar-la el germà d'en Ramon.

—Lluís, vols fer el favor de deixar-me fer el que vulgui? Sempre estàs donant lliçons a tothom.

—Va, nois, una mica de pau, que aquesta nit hem vingut al Jamboree a passar-nos-ho bé —va dir en Ramon en veure que la conversa derivava per camins una mica perillosos—. Jo me'n vaig allà, vull ser a primera fila, que el concert està a punt de començar.

Quan els músics van perfilar la primera línia melòdica de la cançó «My funny Valentine», la Maria va aprofitar l'ocasió per apropar-se a en Lluís i parlar-li a cau d'orella.

—Pots dir-me en què t'has proposat convertir el teu germà? Per què t'obstines que pensi i actuï com tu? Compartiu la mateixa sang, però no teniu res a veure l'un amb l'altre.

—Ja sabia que em trauries aquest tema en qualsevol moment, però t'asseguro que ara ets realment inoportuna. No et fiquis on no et demanen. Això és cosa nostra.

—T'equivoques, Lluís, en Ramon també és cosa meva.

—Si que et creus important. No t'adones que el meu germà no té gaires plans de futur amb tu?

—Per què ho dius, això?

—És igual, ja t'ho trobaràs, Maria. I ara deixa'm escoltar tranquil el concert, que em ve de gust.

La Maria havia begut més del compte i tornava a casa amb la brusa mig descordada i el desig encara descontrolat a flor de pell. Després del Jamboree, s'havia perdut per uns carrerons foscos de Ciutat Vella amb en Ramon, i en un portal humit, a peu dret, el noi l'havia fet seva una vegada i una altra, salvatgement.

Amb la mà tremolosa, la noia va encaixar la clau al pany i va fer el parell de voltes necessàries per obrir la porta. Quan va ser a dins, va ajustar-la molt a poc a poc, es va treure les sabates de taló i va caminar a través del passadís fosc de puntetes, per no despertar ningú.

El seu cor continuava bategant com un cavall desbocat per un prat infinit. Va entrar al menjador i va marcar, amb impaciència, el número de telèfon del seu amor.

—Ramon, t'has adonat del que hem fet aquesta nit? Ho saps, oi, que tu i jo junts som immortals? Cada cop que ho fem em sento la dona més feliç del món. T'adoro.

La Maria no podia ni sospitar-ho, però, tot i la seva prudència, en traspassar el llindar de la porta, el senyor Riera, el seu sever pare, va aixecar-se a l'instant del llit, va col·locar-se la bata negra de seda i amb l'agilitat d'un gat i la tècnica del camaleó va amagar-se al lloc més fosc del passadís per no perdre detall de la conversa obscena de la seva filla.

—Encara et sento dins meu, Ramon. Ets el meu Déu. Fas amb mi el que vols i m'agrada que sempre sigui així.

El senyor Riera es va estrènyer el cinturó del batí amb la ràbia continguda de qui vol passar a l'acció i no pot. No podia suportar que la seva filla, la seva princesa, es comportés d'aquella manera tan indigna i menyspreable. Si hagués pogut, en aquell mateix instant li hauria fet la cara nova, al revolucionari i insolent noi que acabava de fer l'amor a la Maria.

—Ens podrem veure demà, Ramon? Tinc ganes de tornar a acariciar tot el teu cos, però vull que sàpigues que haurem de trobar una estona per parlar d'un tema molt important. El teu germà, aquesta nit al concert, m'ha confessat que d'aquí a un parell de dies tornarà a passar a l'acció. Però aquesta vegada de veritat. I t'ho dic molt seriosament, no vull que tu t'hi fiquis. No vull veure les mans de la meva parella tacades amb la sang de ningú per culpa d'un combat inútil.

A la Jefatura de Polícia de la Vía Layetana tothom coneixia el senyor Riera. Ser amic íntim d'un comissari tenia certs privilegis que l'empresari no dubtava a utilitzar sempre que li convenia.

Mentre esperava al despatx d'en García, s'escoltava la remor d'uns crits que misteriosament semblaven traspassar les parets. Els calabossos d'aquella comissaria eren temuts arreu i, pel que li havien dit els policies de l'entrada, el seu cap estava interrogant un detingut.

—*Hombre, Riera, qué ilusión verte* —va dir el comissari mentre premia amb una força inhumana la mà del seu amic—. *Perdona que te haya hecho esperar, pero tenía trabajo. ¿Estáis todos bien en casa? ¿Tu señora? ¿María?*

—¿La verdad?

—Por supuesto, mi querido amigo. ¿Hay algo que te preocupe?

—Mi hija, García, mi propia hija. Hace un tiempo que sale con un bala perdida, una mala influencia, sin duda.

—Riera, a mí háblame bien claro. ¿Me estás diciendo que tu hija sale con un comunista de mierda de esos?

—José, cómo me reconforta hablar contigo. Siempre sabes por dónde cojea todo el mundo. Necesito tu ayuda porque, si no, un día de estos cometeré una imprudencia y saldremos todos en los periódicos.

—Déjate de periódicos, Riera, y escúchame atentamente. Vamos a hacer lo siguiente. Vivimos tiempos en los que todo el mundo está con ojo avizor. Yo me encargaré de todo, pero tienes que dejármelo hacer a mi manera. Que yo soy el profesional del tema. ¿Quieres que tu princesa esté tranquila? Hay que dejar pasar algo de tiempo. Yo ya hablaré con mis hombres de confianza.

—Pero hay otra cosa que tienes que saber, José.

—Pues tú dirás...

—Me parece bien que seamos prudentes con el amigo de mi hija, pero creo que el verdadero veneno es su hermano, un tal Luis, un metebombas de tres al cuarto al que deberíamos escarmentar. Y con éste no hace falta que te andes con remilgos. Si hace falta, te lo cargas y punto.

—¿Qué es lo que ha hecho ese chaval?

—No sé exactamente qué es lo que ya ha hecho, pero sin duda hay que pararle los pies antes de que cometa cualquier burrada.

—Hazme un favor. Olvídate ya de eso. Yo me ocupo, Riera, yo me ocupo...

13

UNA NIT AL BOCACCIO

El 13 de febrer de 1969 el local més *chic* i desitjat de tota la ciutat celebrava el seu primer any de vida. El número 505 del carrer Muntaner, en només uns pocs mesos, s'havia convertit en el centre nocturn per excel·lència de tota una pila de joves creatius i brillants tan diferents entre ells que es reconeixien a l'instant els uns als altres: la *Gauche Divine*.

El Bocaccio era un local de costums, de bons costums. I com no podia ser d'una altra manera, aquella simbòlica nit també va obrir les portes a la mateixa hora que ho havia fet el dia de la seva inauguració. A les 11.22.

La riuada de gent que esperava a fora fent cua sabia que traspassant el llindar entraria en un món nou. Les gogós, enfilades als pòdiums, anaven vestides amb unes minifaldilles escandaloses i unes samarretes de colors ben arrapades a la pell. Cap no portava sostenidors. I amb cada salt i cada moviment sinuós, s'entreveien uns mugrons durs i juganers que feien les delícies de tots els homes i també d'algunes noies que no haurien dubtat ni un instant a compartir amb elles alguna cosa més que un ball innocent.

—Ramon, vols fer-me una mica de cas? T'estàs menjant amb els ulls totes les noies del local menys a mi.

—Que potser estàs gelosa, amor meu?

—A tu què et sembla, burro!

—Doncs saps el que em sembla? Que tu i jo ara mateix ens posarem al centre de la pista i ballarem fins que el cos ens digui prou.

En Salvador Dalí, el geni de Figueres, tampoc no es volia perdre aquella vetllada. Acompanyat pel seu fidel cercle de cortesans, encapçalat pel seu secretari personal, conegut per tothom com el capità Moore, va fer la seva entrada triomfal amb un espectacular felí que va generar tota mena de comentaris i molta expectació. L'ocelot, d'una mida molt superior a la d'un gat, de seguida va sentir-se incòmode entre aquell munt de gent, va fer un gest sobtat i va alliberar-se de la cadena amb què el subjectava Moore. Entre crits, rialles, empentes i safates de cambrers volant pels aires, el local del carrer Muntaner s'acabava de convertir en una seqüència del film més surrealista de Fellini.

Oriol Maspons observava el panorama des de la seva privilegiada mirada fotogràfica, compartint *Bloody Mary* i confidències amb una dona alta i divertida, la Guillermina Motta. A l'altra banda del local, en un racó, l'Escamilla, la seva dona napolitana, l'Elena Imparato, i l'inseparable amic de la parella, en Serrat, s'ho miraven tot i es feien un tip de riure amb aquell festival improvisat d'en Dalí, en Moore, la cantant francesa Françoise Hardy i l'ocelot.

—Elena, *amore*, com et trobes?

—Salvador, *ancora mi sento con un po di nausea...*

—Vols que marxem, *piccola mia*?

—No cal. Que estigui *incinta* no vol dir que no pugui fer *niente*. *Sto bene, sto bene...*

Per a aquell primer aniversari calia donar al local un ambient de festa. El tradicional confeti de colors, els globus, les serpentines i les màscares daurades que repartien a la porta contrastaven amb els elements més desconcertants i estrafolaris que havien donat fama al Bocaccio. Les portes a l'estil del típic saló del *far west* americà, els llums Tiffany's que escampaven una claror suau i acollidora, ideal per a converses en la distància curta, grans miralls fumats, escampats aquí i allà, que milloraven la imatge dels clients que s'hi reflectien. I l'omnipresent color vermell de la moqueta, els sofàs i els tamborets folrats de vellut. Tot plegat, una munió d'objectes que donava un fals estil clàssic que no resultava gens convincent per a ningú però que era realment divertit. Excentricitat i genialitat alhora, reflex d'una societat en ebullició.

Aquella Babel nocturna s'havia convertit en el centre de trobada de músics, escriptors, arquitectes, editors, directors de cine, empresaris, ballarins i poetes, que hi feien cap disfressats amb estrambòtics i moderníssims vestits, a l'última moda de París i Londres. D'altres, en canvi, optaven per una moda molt més atemporal, clàssica i senyorial.

Al pis de baix es ballaven els ritmes més trepidants i a dalt, la música baixava bastants decibels i convidava que es formessin animades tertúlies amb la gent més diversa.

Tots els clients del Bocaccio, fos quina fos la seva condició social, eren persones que anhelaven viure en llibertat. Jugaven a saltar-se les regles i les normes del Règim: família, pàtria i religió. Volien trencar aquells valors que feien olor de naftalina.

Quan en Ramon es va dirigir cap al bany, no va adonar-se que un home de complexió robusta el seguia. Va entrar al servei, va abaixar-se la cremallera dels pantalons i va començar a orinar a peu dret. El desconegut es va posar al seu costat i de seguida li va parlar.

—T'agrada aquest lloc?

—Sí, és clar que m'agrada.

—I véns sovint per aquí?

—Que li interessa molt on vaig o el que m'agrada?

—De fet, sí que m'interessa.

—I puc saber per què?

—És que tinc la sensació que tot això no fa per a tu. Tu no hi encaixes aquí.

—Però què vol dir? Escolti, que ens coneixem, vostè i jo?

—El que vull dir-te és que sembles expert a ficar-te allà on ningú no et demana —va afegir l'home mentre barrava el pas a en Ramon.

—Que sóc expert en què?

—Ja t'ho he dit. Sembles una d'aquelles persones que s'entossudeix a viure una vida que no és la seva.

—M'està posant nerviós. Puc saber què vol de mi?

—El Bocaccio, la teva vespa vermella, la Maria Riera... No t'equivoquis, noi, no t'equivoquis, aquest no és el teu món.

Quan en Ramon va sortir del lavabo, amb la cara blanca com la cera, va veure la Maria que ballava al so d'una melodia instrumental de piano, «Mourir à Madrid», la banda sonora del film de Frédéric Rossif, que, com cada nit, anunciava el tancament de les portes del local. Ell mai no ho confessaria a ella, però per primera vegada a la seva vida va intuir la presència d'una ombra que amenaçava la pau de les seves ànimes.

L'expedició a Eivissa que la gent del Bocaccio va organitzar per celebrar l'arribada de la primavera va ser una autèntica bogeria entre flors, música psicodèlica i nits infinites. El viatge d'anada, un vol privat contractat a mida per a un centenar de clients vip del local, va convertir-se en una festa en la qual les hostesses no van poder evitar ni els balls al damunt dels seients ni la barra lliure d'alcohol i marihuana. El pilot tampoc no va tenir gaire sort amb els indisciplinats que transportava, fins al punt que va haver d'improvisar una maniobra per sorpresa per tractar d'espantar-los i així calmar una mica els ànims.

En baixar de l'avió, a peu de pista els esperava el propietari de l'hotel que els havia d'allotjar a l'illa i no li va caldre més que un cop de vista per adonar-se dels excessos que havien comès durant el vol. Davant d'això, l'hoteler va negar-se a allotjar-los per por que li destrossessin l'establiment, i el grup d'amics del Bocaccio no va trobar un lloc on passar la nit fins a altes hores de la matinada.

La resta de dies que van passar a l'illa no van ser gaire més tranquils. Les ganes de festa i transgressió els inspiraven tota mena d'accions al límit de la legalitat, i entre els uns i els altres competien per veure qui era el més valent de tots.

La Maria i en Ramon no van ser ni dels més valents ni dels més tranquils, però van gaudir sense complexos de desenes de banys al mar, del sol, del vent i de la sorra tèbia al seus cossos nus.

Per arribar a l'illa de s'Espalmador van agafar un ferri al port de la Savina, a Formentera. Tothom els havia parlat dels banys de fang i cap no estava disposat a perdre's aquella experiència única. Tal com els van indicar, es van dirigir a l'extrem nord de la platja de s'Alga, van seguir un corriol estret entre una vegetació molt espessa i finalment van arribar a una esplanada salinera inundada de fang pertot arreu. Allà mateix van despullar-se i van començar a rebolcar-se sensualment una i mil vegades fins a no reconeixe's entre ells. I més d'un va acabar fent l'amor confonent-se en aquell esclat de vida.

—Ramon, amb aquest fang sec damunt de tot el meu cos gairebé no em puc ni moure.

—És una sensació ben estranya, veritat?

—Sí, és com si tingués una altra pell.

—Però ja saps que a mi el que m'agrada és la que tens a sota.

Van alliberar-se de la terra seca que els cobria, van agafar-se la mà i lentament van entrar al mar.

—Maria, tens ganes de nedar? Vols que travessem junts aquest tros i ens arribem a Formentera? Ja veus que és a tocar.

—Ja sé què és el que vols, Ramon,

—Doncs, si ho saps, no esperem ni un instant més. Som-hi.

14

EL BUFET DEL CARRER DIPUTACIÓN

Al cap d'un mes de començar les pràctiques al prestigiós bufet de l'advocat Fernando Ruiz de Ayala, al carrer Diputació cantonada amb rambla de Catalunya, en Ramon va tenir la incòmoda sensació que estava perdent miserablement el temps.

A la Facultat de Dret li ensenyaven que gràcies a les lleis es podia fer justícia, però el dia a dia s'entossudia a demostrar-li que tot allò només quedava en la teoria dels llibres.

En un moment en què va quedar-se sol a l'habitació on hi havia els expedients arxivats, a en Ramon només li va caldre regirar un parell de carpetes perquè li esclatés davant dels nassos un document que comprometia greument el pare de la Maria. L'assumpte, un afer que podria fàcilment convertir-se en un escàndol si arribava a fer-se públic, feia referència a uns suposats suborns a alts funcionaris per maquillar la mort i la invalidesa permanent de dos treballadors de la seva empresa constructora.

—Ramon, ja estàs més animat? Aquests dies et veig una mica capficat —va preguntar la Maria més tard, mentre es fixava en la cara de preocupació del seu xicot.

—Sí, és que hi ha coses que no entenc i no m'encaixen.

—A què et refereixes?

—Fa un parell de dies que m'ho qüestiono tot. És com si el que m'ensenyen a la universitat fos tot paper mullat. La realitat no és tal com ens l'expliquen a les classes, Maria.

—Segueixo sense entendre't. Vols dir-me alguna cosa? Tinc la sensació que et guardes al pap algun assumpte que t'amoïna.

—Recordes aquella notícia que va sortir fa unes quantes setmanes a tots els diaris, en què es feia referència a dos treballadors de la construcció que havien quedat malferits a causa d'una negligència?

—Em parles de l'accident que va haver-hi mentre restauraven la façana principal d'aquell edifici d'oficines de l'Avenida del Generalísimo Francisco Franco? Al final un dels ferits va morir, oi?

—Sí.

—I què és el que t'amoïna?

—Maria, és un cas que va arribar als jutjats. L'advocat que defensa l'empresa constructora és el mateix del bufet on faig les pràctiques. I, sense voler-ho, aquesta tarda he descobert l'expedient amb les dades de tots els implicats. És un cas molt greu en el qual s'han manipulat proves i s'han pagat suborns desorbitats.

—Però aquestes coses, malauradament, sempre han passat i continuaran passant.

—Sí, això ja ho sé, Maria.

—Llavors?

—El que passa és que vaig veure el nom de l'empresa que hi estava implicada i no t'agradarà gens saber una cosa que va gelar-me la sang.

—Ramon, deixa't estar de misteris i vés al gra, per favor.

—L'empresa que va incomplir tots els protocols de seguretat és la del teu pare.

La Maria no va tenir esma per dir res. L'única cosa per a la qual va trobar forces va ser per abraçar-se al seu amor i esclatar en un plor desconsolat que va desarmar en Ramon.

La terrassa del bar Sándor, de la plaça Calvo Sotelo, s'havia convertit en el lloc de trobada preferit per a en Joan Riera i l'inspector García. Amb un whisky a la mà i una cigarreta a l'altra, els agradava passar revista als seus temes mentre el *limpiabotas* els enllustrava les sabates.

—*Ya me he enterado de que lo del accidente al final no te ha salpicado, Riera.*

—*Sí, pero me ha costado lo mío. Hoy en día nadie mueve un dedo si no hay dinero de por medio. Pero yo quiero hablar-*

te de lo que tú ya sabes, García. ¿Cuándo vamos a resolver de una vez por todas lo del novio de mi hija? No sabes las ganas que tengo de deshacerme de ese malnacido.

—Siempre te digo lo mismo, Riera. Todo llegará a su debido tiempo. Para hacerlo bien es imprescindible no tener prisa. Las cosas ya no son como antes, querido amigo, y ahora todo el mundo está ojo avizor. Hay que ser más prudentes que nunca.

La mare de la Maria, la Júlia, no s'ho va pensar dues vegades i, un cop va prendre la ferma decisió i va assumir les conseqüències que de ben segur tindria el seu acte de rebel·lia, va agafar la bossa de mà i va tancar la porta de casa amb un cop sec contundent, més segura que mai d'ella mateixa. I de sobte se li va dibuixar un esclatant somriure al rostre.

Al llarg dels dos anys que feia que la seva filla sortia amb en Ramon, per ordre del seu marit, mai no s'havia produït cap trobada entre les dues famílies. Com a molt, hi havia hagut alguna breu trucada feta mig d'amagat per felicitar el Nadal i poca cosa més.

Fins aquell instant l'ombra de la por havia estat massa llarga, però per fi havia arribat el moment de deixar-la de banda i fer el que hauria fet qualsevol mare: conèixer la consogra.

A mig matí el mercat de la Llibertat bullia amb una activitat frenètica. Aquí i allà se sentien els crits dels venedors que ensabonaven la clientela amb mil i un afalacs, mentre l'olor de la fruita fresca i la verdura es barrejava subtilment amb l'aroma de mar que desprenia el peix.

La Gemma tot just acabava de despatxar llegums cuits i fruita seca quan la Júlia se li va plantar al davant i es va presentar. Mai no s'havien trobat cara a cara, però era evident que aquell moment havia estat llargament desitjat per totes dues. I després de dir a l'aprenenta que tornava de seguida, la Gemma va sortir de darrere del taulell, es va eixugar les mans amb el davantal i va abraçar la Júlia.

—No saps com he desitjat que arribés aquest moment, Gemma, però fins ara les circumstàncies m'aconsellaven ser prudent i deixar passar el temps. Com ja et deus imaginar, en Joan, el meu home, no sap que t'he vingut a veure...

—Ja m'ho penso, bonica, ja m'ho penso. Però vine, anem a prendre un refresc i parlem una estona de tot plegat, que ens hem de posar al dia.

Mentre el cambrer els servia les begudes, les dues dones no podien deixar d'observar-se l'una a l'altra, gairebé despullant-se amb la mirada, amb una barreja de simpatia, complicitat i curiositat.

—Gemma, de fet, he vingut per convidar-vos a la festa d'aniversari que estic preparant per sorpresa a la Maria. Serà una cosa molt familiar, dinarem a casa i després farem una mica de sobretaula. A la nena li farà molta il·lusió que tu, en Ramon i en Lluís vingueu. Què et sembla?

—Em sembla que has tingut una idea molt bona, Júlia. Ja era hora que les dues famílies comencéssim a fer coses plegades. El meu fill cada dia que passa està més i més enamorat de la Maria, d'això no en tinc cap dubte. Però hi ha una cosa que em neguiteja una mica...

—De què es tracta?

—En Joan ja sap que ens vols convidar a la festa d'aniversari de la Maria?

—No, no en sap absolutament res.

—I no creus que quan ens vegi aparèixer per casa vostra...

—Mira, Gemma, tota la vida que abaixo els ulls davant del meu marit. I al final m'estic adonant que he deixat de fer moltes de les coses que m'agraden més, i això no pot ser de cap manera. No ens podem passar el dia renunciant a tot allò que ens agrada, a les coses en les quals creiem. És la festa d'aniversari de la meva filla, i no et pots arribar a imaginar la il·lusió que em fa organitzar-li una celebració tan especial. No hi podeu faltar, Gemma, vosaltres no.

—I no tindràs problemes amb el teu marit? És evident que no li hem fet res, però tampoc cal ser gaire llest per adonar-se que ni accepta en Ramon ni ens accepta a nosaltres.

—No us ho heu de prendre tan a pit, dona. Per a en Joan la Maria és una princesa i de vegades penso que només seria feliç si la pogués tancar en una gàbia d'or. Jo sé que la meva filla estima molt en Ramon i per això és tan important que vingueu. Què me'n dius? Acceptes, oi?

—És clar, Júlia. No hi faltarem. El dia 16 de juliol vindrem a dinar amb vosaltres per celebrar l'aniversari de la nena.

Quan les busques del rellotge de polsera d'en Ramon marcaven la una en punt, la Gemma obria la porta de la finca de rambla de Catalunya on vivien els Riera. En veure'ls aparèixer, el porter va deixar immediatament el diari que estava llegint i va sortir a rebre'ls amb una educació exquisida.

—Senyora, puc ajudar-la?

—Bona tarda, venim a casa dels Riera.

—Doncs si em permeten un segon trucaré al seu pis per avisar-los que han arribat. El seu nom, si us plau?

—Sóc la Gemma Calvet i aquests són els meus fills, en Ramon i en Lluís. Els senyors Riera ja ens esperen.

—Ah, sí? Doncs un segon, senyora Calvet, sembla que ja m'agafen el telèfon.

Mentre el diligent porter s'encarregava de parlar amb la minyona de casa dels Riera, en Ramon es fixava en la luxosa entrada de la finca on vivia la Maria. Al llarg dels dos anys que feia que sortien mai no havia passat més enllà d'aquell terra construït amb petites peces de ceràmica que imitaven un tauler d'escacs. I al noi no li va semblar casualitat, perquè en aquell moment, més que mai, se sentia com un peó que estava a punt d'enfrontar-se a un veritable exèrcit de prejudicis i d'intoleràncies, comandat òbviament pel mateix Joan Riera.

El terra de fusta de l'ascensor va cruixir quan va arribar a l'àtic. I tot i que ni la Gemma ni els seus fills en van fer cap comentari, alguna cosa els devia atemorir, perquè van sortir de pressa d'aquell habitacle que semblava queixar-se de manera inquietant cada vegada amb més intensitat.

L'Anna, la minyona, va obrir la porta de casa dels Riera al cap de pocs segons que en Ramon pitgés el timbre, i la primera cosa que va cridar l'atenció del jove va ser la cara de circumstàncies i el trist somriure que es dibuixava al rostre d'aquella noia. Amb una amabilitat extraordinària va acompanyar-los al menjador, on la Júlia estava atrafegada acabant d'enllestir els darrers preparatius.

—Gemma! Nois! Sigueu benvinguts!

—Moltes gràcies. Teniu un pis molt bonic i lluminós! Podem saber on para la Maria?

—La nena està amb una cosina. Hem quedat que apareixeran a l'hora de dinar. El que no sap la Maria és que, a part dels oncles, els avis i els cosins, també vindrà la seva amiga Sabine i vosaltres, evidentment.

—Ho has decorat amb molt de gust, Júlia. I a en Joan, quan el podrem saludar?

—Gemma, em sap greu, però en Joan no es troba gens bé i no participarà en la festa.

—Ho entenc. Estàs bé, Júlia?

La dona va respondre aixecant les espatlles, però la Gemma de seguida va entendre que en aquella casa les sorpreses no eren gaire ben rebudes. I menys encara si el cap de la família no n'estava al corrent.

15

LA CONFESSIÓ

La terrassa estava guarnida amb tota mena de fanalets de miralls de colors que amb la llum del sol brillaven com diamants. Els cosins més joves de la Maria havien passat la major part del dia corrent amunt i avall mentre gaudien d'aquell meravellós temps d'estiu i jugaven a perseguir els reflexos i les lluentors.

El dinar havia estat ple d'anècdotes, rialles i cançons compartides, però pel damunt de l'ambient de festa i dels regals hi havia l'evident felicitat que irradiava la Maria. No tots els dies se celebren vint anys.

En veure la Gemma, en Ramon i en Lluís, la noia, feliç, no va poder evitar llançar-se als seus braços, però quan va entrar la Sabine amb un regal comprat a París, la Maria de seguida va agafar la mà d'en Ramon i va córrer a presentar-los mentre proclamava als quatre vents que aquell era un dels dies més feliços de la seva vida.

Després de la sobretaula, tothom es preguntava per què en Joan no havia estat capaç de treure el cap encara que només fos per saludar. La Júlia ja no sabia quina excusa més empescar-se per justificar l'actitud del seu marit, que, lluny d'estar malalt, s'havia passat el dia reclòs al seu estudi, escoltant música i remenant fotos velles.

En Ramon, tan aviat com va poder, va acostar-se a la Sabine per parlar-hi. Feia temps que sentia curiositat per saber més detalls del que havia passat quan ella i la Maria havien estat uns quants mesos en aquell internat suís.

—La Maria m'ha parlat molt de tu, Sabine. T'estima molt, ho sabies?

—I jo a ella, Ramon! I ella a tu!

—Vols dir que t'ha parlat de mi?

—És clar. Pràcticament ho sé tot de tu, Ramon.

—Doncs quina vergonya...

—No, home, que faig broma. Ara de debò. Ets molt especial per a la Maria. De fet, sempre ho has estat. Jo crec que ja t'estimava quan de nens passàveu els estius a Begur.

—Sí, aquella època va ser molt maca. Però tot d'una va desaparèixer i només uns quants anys més tard vaig saber que havia estat interna a Suïssa.

—Sí, a l'Aiglon College. Hi penso i encara tremolo.

—Però què va passar? Tan dur va ser?

—T'asseguro que no va ser una bona època de la meva vida, Ramon. De fet, l'única cosa bona que em va passar entre aquelles quatre parets envoltades de neu i de fred va ser conèixer la Maria.

—Sí, ja m'ha dit que us vau fer molt amigues, que allí vau compartir moments molt durs.

—Doncs té tota la raó del món la Maria, Ramon. A l'Aiglon College vam passar moltes coses juntes.

—Sí, com allò de l'intent de suïcidi de la Maria, veritat?

De sobte, la Sabine va callar i va mirar al seu voltant abans de continuar parlant. Necessitava una pausa, que s'aturés el temps almenys per un instant.

—Però que t'has begut l'enteniment? No veus que això és un secret?

—Perdona'm, Sabine! Només vull saber què va passar exactament.

—Mira, noi, això ho hauràs de preguntar tu a la Maria.

—Ella no m'ho dirà mai, tu ja ho saps, això. Només va arribar a explicar-me que tu la vas trobar a la banyera amb els canells oberts.

—I què més vols saber, doncs?

—Vull saber per què ho va fer.

—No t'ho ha dit?

—No, però tinc les meves sospites.

—De veritat, Ramon, jo no et puc explicar res més.

—Si no m'ho vols dir tu, ja t'ho diré jo. L'intent de suïcidi de la Maria té res a veure amb el seu pare?

—De veritat, Ramon, no puc...

—Només vull que em diguis sí o no. La resta no és important... Sabine?

—Sí.

En Joan Riera va sortir del seu cau quan tothom marxava. Només la insistència dels seus familiars havia aconseguit que l'home, vestit amb un batí d'estar per casa, sortís al passadís per acomiadar-se'n amb una freda encaixada de mans i unes breus paraules.

Tothom s'havia cregut que realment estava malalt, però la Júlia sabia que si el seu marit no havia donat cap senyal de vida era perquè, sota cap circumstància, no estava disposat a creuar ni una sola mirada amb en Ramon, la seva mare i el seu germà.

Al destí, però, moltes vegades li agrada gastar bromes pesades, i aquella mateixa tarda, el pare de la Maria va veure's obligat a mirar els ulls i a encaixar la mà d'aquell noi que tantes nàusees li provocava. Cap dels dos va obrir la boca, i en el moment de donar-se la mà, en aquell àtic de la rambla de Catalunya que encara feia olor de festa, va fer-se el silenci més absolut.

En Joan Riera, amb un gest estrany al rostre, va estrènyer amb més i més força la mà d'aquell noi al qual no hauria dubtat d'escanyar allà mateix amb les seves pròpies mans. La Maria, la seva princesa, només li pertanyia a ell i estava disposat a fer qualsevol cosa per tal d'aconseguir-ho.

La providencial intervenció de la Júlia va evitar que aquell home de mirada fosca i perduda fes alguna cosa de la qual després s'hauria hagut de penedir per sempre.

En Ramon va agrair poder sortir al carrer i, encara

tremolant, va abraçar-se a la Maria. Ara entenia moltes coses i, amb els ulls humits, va dir a la noia:

—Avui he vist l'ànima del teu pare, Maria, i et ben juro que el que té allà dins no m'ha agradat gens ni mica.

16

L'ESPERIT DE WOODSTOCK

Les vacances d'aquell any, l'agost del 1969, van ser un mes de descoberta per a la Maria Riera. Un grup de professors de la Facultat de Belles Arts havien organitzat un viatge cultural a la mítica i desitjada New York. Durant dues setmanes, els participants tindrien la possibilitat de recórrer els museus i els espais més moderns i innovadors de la ciutat nord-americana, de la mà d'uns guies d'excepció.

La Maria va veure una oportunitat extraordinària d'ampliar els seus coneixements i, entusiasmada, de seguida ho va comentar a en Ramon.

—Em sembla una bona pensada, Maria. A més, m'agrada la idea que estiguis uns quants dies fora de casa, ben lluny de qui tu i jo sabem.

—Moltes gràcies, amor meu. Però la veritat és que encara no hi ha res segur. De fet, ets la primera persona a qui ho comento. Encara ho he de parlar amb els pares.

—Doncs serà perfecte, perquè aquests dies que tu no hi siguis, jo ajudaré la mare a la parada del mercat...

Aprofitant l'hora de sopar, la Maria va explicar-ho

als seus pares. Era important fer-ho en el moment oportú i la noia va esperar que acabés el telenotícies per treure el tema, una mica com qui no vol la cosa.

—La facultat ha organitzat un viatge d'estudis a Nova York. La idea és anar a visitar els museus més importants de la ciutat, parlarem amb restauradors, amb els artistes locals... Us ho imagineu? En tinc tantes ganes...

—En Ramon hi va? —va preguntar directament el cap de la família.

—No, pare, en Ramon no vindrà.

—Perfecte, perquè l'única cosa que faria seria distreure't i fer-te perdre el temps miserablement. Maria, no em sembla malament, però no em fa gaire gràcia que vagis amb gent que no conec. El viatge és obert o només hi poden anar estudiants?

—És obert, crec, però la qüestió és que surten d'aquí a pocs dies i només queden dues places lliures.

—Doncs ja les pots reservar. I per cert... Oi que la teva amiga Sabine sempre ha volgut anar a Nova York amb tu?

—Doncs sí, pare, però no sé quins plans té per a l'agost. I, a més, recorda que viu a París.

—Tu pregunta-l'hi i digue-li si acceptaria d'anar-hi amb tu, i si és que sí, ja podeu començar a preparar les maletes.

A la Maria i a la Sabine encara els costava de creure-s'ho, però pocs dies després desembarcaven de l'avió d'Iberia i pujaven a l'autocar que havia de conduir-les fins al centre de Nova York, on el grup va establir el seu camp base.

Les dues amigues compartien habitació i, entre visites al Metropolitan Museum, passejades per Madison Avenue i exposicions a les galeries d'art del Soho, van retrobar la complicitat. Cada nit, abans d'anar a dormir, els agradava estirar-se al llit, apagar els llums i compartir confidències, tal com havien fet tantes vegades a l'Aiglon College de Suïssa.

—Com et va amb en Ramon, Maria?

—Ens va molt bé, però de vegades tinc la sensació que aquesta història d'amor no tindrà un final feliç.

—I per què ho dius, això?

—No n'estic del tot segura... És una intuïció que tinc. Ja saps que el meu pare l'odia.

—Sí, però el tema del teu pare és molt més complex i tu ho saps millor que ningú. No barregis les coses, Maria.

—De vegades tinc por, Sabine.

—Ja ho sé. Però veritat que t'estimes en Ramon?

—L'estimo més que la meva pròpia vida.

—Doncs, llavors, on és el problema? L'ombra del teu pare, més tard o més d'hora, desapareixerà de la teva vida i si ho deixes estar amb en Ramon per la por que tens al teu pare, no t'ho perdonaràs mai.

—I tu què faries si fossis al meu lloc?

—Jo et puc parlar del que penso fer jo amb en Pierre. Saps que ja hem parlat de casar-nos?

—No m'ho puc creure! I com és que no me n'havies dit res, Sabine?

—No ho sap ningú encara. I ara digue'm una cosa: no has pensat mai a casar-te amb en Ramon?

—Sí.

—I n'heu parlat tots dos?

—No, no n'hem parlat mai.

—T'ho preguntaré d'una altra manera, Maria. Creus que en Ramon és l'home de la teva vida?

—Sí, Sabine, no en tinc cap dubte.

—Llavors, estimada meva, ja saps què és el que has de fer...

La trucada de telèfon va trencar la pau de la matinada d'aquell 11 d'agost. Amb el cos i la veu encara endormiscats, en Ramon va saltar del llit i va fregar-se els ulls mentre avançava matusserament pel passadís, camí del menjador. A mesura que s'apropava a l'aparell, que no parava de sonar, el noi dibuixava un somriure carregat de tendresa als llavis.

—Sí?

—Sé que és molt tard a Barcelona, Ramon, però volia ser la primera a felicitar-te. Que passis un aniversari genial, amor!

—Maria... moltes gràcies... dormia...

—Ja es nota que dormies, Ramon. Et trobo tant a faltar!

—I jo a tu. Com va l'aventura americana?

—Això és genial! He pensat que podem venir aquí de viatge de noces. A mi em sembla una ciutat força romàntica.

—Quan ens casem, acabes de dir? Puc saber què et passa?

—Res, no em passa res d'estrany. Només és que amb la distància m'he adonat que ets l'home de la meva vida i que no et deixaré escapar així com així, saps... Ets massa important per a mi.

—Doncs ja pots estar ben tranquil·la, Maria, perquè et ben juro que no tinc cap intenció de fugir enlloc si no és amb tu. T'estimo... Ahir, avui i sempre.

—No ho diguis per dir, Ramon, que aquestes coses són sagrades. Per a mi és molt important que estiguis sempre al meu costat.

—Ja saps que amb aquestes coses no m'agrada jugar. Jo també et trobo a faltar. Quan vinguis ja celebrarem el meu aniversari com cal. I, per cert, com va amb la Sabine?

—La Sabine és la meva amiga de l'ànima i en aquest viatge encara ens estem unint molt més.

—Me n'alegro molt per tu. I què teniu previst de fer aquests dies?

—Doncs com que ja hem acabat les visites als museus i als centres culturals, els dies que ens queden lliures hem decidit apropar-nos a un festival que faran en una granja de Bethel, aquí, a l'estat de Nova York.

—Un festival, dius?

—Sí, Ramon, anirem al Festival de Woodstock...

La primera cosa que van fer la Maria i la Sabine quan van arribar al festival va ser posar-se als cabells la gran flor vermella que els havia regalat una noia de mirada angelical.

La intenció inicial era quedar-se només als concerts del dia 15 d'agost, però captivades pel misteri i l'energia positiva que dominaven per tots els racons d'aquella festa sens fi, després de fer una volta pel recinte i veure l'ambient que s'hi respirava, van decidir que valia la pena pagar els vint-i-quatre dòlars que costava l'abonament per a tres dies.

Tot i que hi havia mig milió de persones, a la Maria i a la Sabine no els va costar gens trobar un lloc on dormir, i, després de resoldre les necessitats logístiques més bàsiques, van entrar de ple en el bullici de la festa.

Cap de les dues va ser infidel al noi que l'estava esperant a París o a Barcelona. Tot i que d'oportunitats no els en van faltar. Però van decidir que es deixarien anar, per tal d'alliberar-se, capbussant-se en aquell ambient *hippy*, ballant de sol a sol sota els efectes de la marihuana i de l'LSD.

Jimi Hendrix va actuar l'últim i va col·locar magistralment les darreres notes elèctriques de foc per deixar pas al silenci. La seva actuació estava planificada per a la mitjanit, però a causa de diverses incidències d'última hora no va començar a tocar fins a les nou del matí del dilluns. Diuen que aquell recital va ser seguit per mig milió de persones, entre les quals hi havia les dues amigues, absolutament transformades.

La Maria i la Sabine van fer un pacte secret: mai ningú no sabria què havia passat en aquells dies de bogeria i *rock & roll* al Festival de Woodstock. Però era més que evident que, tot just aterrar a l'aeroport del Prat, la Maria ja no era la mateixa d'abans d'haver marxat de Barcelona. Alguna cosa s'havia despertat en el seu interior i ara se sentia profundament rebel, com un cavall salvatge travessant boscos solitaris en plena nit de tempesta. I no tenia cap intenció de canviar ni un bri.

—Ets un maltractador, pare, i si depengués de mi, marxaria ara mateix d'aquesta casa i no hi tornaria mai de la vida.

—Maria, que t'has tornat boja? Et prego que no parlis així al teu pare, per l'amor de Déu.

—Deixa-la, Júlia, deixa que parli. Ja veus quina mena de filla tens. Segur que tot plegat deu ser cosa del malparit d'en Ramon. Segur que li ha inflat el cap amb mentides, dient-li que jo sóc un monstre.

—No, pare, no t'equivoquis, en Ramon no té res a veure amb tot això.

—Llavors, puc saber d'on treus totes aquestes barbaritats? Puc saber què t'ha passat a Nova York? La veritat és que estàs tan canviada que ja gairebé ni et reconec, filla. I ja m'estàs començant a emprenyar, saps?

—Ho veus? Tu tot ho arregles de la mateixa manera: amb crits i amb cops. Ets tan dictador...

—Mira, Maria, només t'ho diré una vegada: pensa molt bé el que dius i no em tornis a faltar mai més al respecte. En aquesta casa els pantalons els porto jo, i si cal que et faci la cara nova per fer-te pujar dreta, ho faré sense contemplacions. M'he explicat amb prou claredat?

—Joan, em sembla que no cal que amenacis la nena. Només està una mica distreta...

L'home no va dir ni una sola paraula més. Va aixecar-se d'una revolada i davant la mirada desesperada de la Maria va començar a estovar la Júlia, que, una vegada més, s'havia quedat paralitzada davant la fúria desfermada del seu progenitor.

17

MALSON A LONDRES

La primavera del 1970 va ser especialment trista i plujosa per a la Maria.

Quan en Joan Riera va saber que la seva filla estava embarassada d'en Ramon, va embogir. Se sentia traït i avergonyit, i alhora no es podia creure aquell acte de deslleialtat. Després de superar l'etapa d'incredulitat va arribar, amb tota la seva contundència, la ràbia. I amb la ràbia van tornar els cops, els insults i els crits. Viure en aquell àtic de la rambla de Catalunya va tornar-se, senzillament, insuportable.

Calia actuar de pressa i, tot i que avortar era il·legal, després de fer unes trucades i un parell de transferències, el senyor Riera ho va deixar tot resolt.

Des del primer moment, la Júlia s'hi va negar, però a bastonades va haver d'acabar acceptant la decisió del cap de família.

El vol fins a Londres s'havia fet llarg i pesat. Des del mateix instant en què s'havien cordat els cinturons de seguretat, en Joan Riera havia estat alliçonant la seva filla sobre el significat de conceptes com la moral, la fidelitat i el respecte cap a un mateix i cap als pares. I ella, amb les dues mans damunt el ventre, no podia parar de plorar, imaginant la inquietant sensació de tenir entre els seus braços aquell infant que mai no arribaria a néixer.

—Ho veus, això t'ha passat per anar amb aquell xicot, amb el mala bèstia d'en Ramon. No veus que l'única cosa que vol és aprofitar-se de tu?

—Això que dius no és veritat. Ell m'estima tant...

—Rucades! Ell no t'estima gens. Ja veuràs com t'acaba deixant amb qualsevol excusa de mal pagador. Estem fent el que cal, el més correcte, filla meva.

La Maria se sentia feble i fràgil. Quan el seu pare va manar-li que preparés la maleta per fer junts un viatge llampec a Londres, no s'ho podia creure. Va fer tot el possible per negar-s'hi, però tenia ben clar que no hi havia resistència possible, i que aquella era, de totes totes, una batalla perduda.

—Per què no ha vingut la mare amb nosaltres? Ara la necessito més que mai al meu costat.

—En aquestes circumstàncies, la teva mare no t'hauria ajudat gens ni mica. Hauria començat a somicar i poca cosa més.

—Però, pare, com pots parlar així de la mare?

—Parlo així perquè vull i perquè s'ho mereix. I tu hauries d'estar-me una mica més agraïda. No tens ni idea dels diners que m'està costant arreglar aquest problema en el qual tu i aquell desgraciat d'en Ramon heu estat a punt de ficar-vos.

—No és culpa de ningú, saps? Senzillament ens estimem! Quin mal hi veus en això?

—Com tornis a dir aquesta barbaritat et giraré la cara. Ja t'he avisat. Per cert, per al teu bé, espero que hagis dit a tothom el que vam acordar.

—Sí, pare, he dit a tothom que marxàvem quatre dies a Begur.

—I a en Ramon?

—No, a ell he preferit no dir-li'n res. No el puc enganyar... A ell, no.

El taxi va deixar-los en un dels barris més exclusius de Londres, on la majoria de construccions eren cases senyorials antigues que, tot i el temps que feia que havien estat edificades, encara conservaven un aspecte noble i elegant.

De seguida van localitzar l'edifici que estaven buscant: una casa pintada de tons blaus, envoltada per un mur vegetal molt ben cuidat, amb una entrada discreta damunt la qual es podia veure un rètol que anunciava el nom de la clínica. A la Maria se li anava encongint l'ànima a mesura que pujava els esglaons que conduïen a la porta d'accés al centre. Va caldre que el seu pare l'agafés amb fermesa pel braç per poder fer els darrers passos i finalment entrar-hi. Després de parlar amb la recepcionista, una infermera escanyolida i extremament educada que parlava un castellà excel·lent, van pujar al primer pis per una escala de marbre ampla i llustrosa. Allí haurien d'esperar uns minuts en una saleta abans de poder ocupar l'habitació que tenien assignada.

Només obrir la porta de la sala d'espera, la Maria va trobar-se amb un grup de noies que se la van mirar amb una certa cara d'espant.

L'espai era diàfan i lluminós, ple de colors, i amb una filera de cadires recolzades en un mur en el qual hi havia penjades nombroses fotografies enormes amb paisatges idíl·lics llunyans. Aquell lloc transmetia energia positiva, però contrastava amb els rostres plorosos de les noies que hi havia esperant, aquí i allà.

De sobte, el silenci tens es va trencar quan una de les joves va preguntar: «Vosaltres també sou espanyoles, oi?». Llavors, com per art d'encanteri, les cares de totes elles van relaxar-se immediatament i van començar a sincerar-se, les unes amb les altres, per mirar de desfogar-se.

—I tu, d'on ets? —van preguntar a la que semblava més jove.

—Jo sóc d'una petita ciutat de Castella i tinc disset anys. I vosaltres?

En Joan Riera no podia suportar les confidències d'aquelles noies i amb un gest brusc va sortir de l'habitació per fumar-se una cigarreta i aclarir els seus pensaments. Entretant, la Maria i la resta de noies compartien sensacions i sentiments i, a poc a poc, van anar apropant les cadires, braç a braç, fins que van formar un petit cercle que va deixar pas als secrets més íntims.

La Pilar, una dona saragossana de vint-i-quatre anys, havia estat violada per un company de feina. En saber que estava embarassada, una bona amiga infermera va parlar-li de seguida de Londres i pocs dies després va dir als pares i als germans que marxava amb una amiga a descansar a la muntanya.

Els testimonis van ser veritablement esgarrifosos. I tot just en el precís instant en el qual les noies van quedar-se mirant la Maria per escoltar la seva història, va entrar el senyor Riera acompanyat d'un metge:

—Nena, ja tenim l'habitació preparada. I aquest metge vol fer-te ara mateix la primera visita...

La Maria es va despertar plorant i amb ganes de vomitar. La infermera de seguida li va explicar que aquella sensació de nàusees era deguda a l'anestèsia i, per tal de tranquil·litzar-la, va donar-li un parell de copets a l'esquena.

—Tot va bé, filla, no passa res —va dir el seu pare des d'una butaca que hi havia a la vora del capçal del llit.

—Pare, jo...

—No, filla, no, ara no cal que diguis res. El més important és que estiguis bé i que et recuperis al més aviat possible d'aquest malson. Encara ets jove, Maria, i més endavant, quan estiguis casada amb un home de bé, podràs tenir tants fills com desitgis.

—Però pare, tu no ho entens...

—No, filla, qui no ho acaba d'entendre ets tu. Estic segur que Déu ja ens ha perdonat, però és evident que aquest fill només t'hauria portat problemes i maldecaps...

—Jo el volia, aquest fill. Però ja sé que a tu mai no t'importa el que jo pensi i senti, oi?

—No saps el que et dius, ximpleta. Amb aquest bastard ens hauries matat de pena i de dolor, a la teva mare i a mi.

—Però jo vull casar-me amb en Ramon, que no ho entens? I no parlis així del nostre estimat fill!

—Del vostre estimat fill, dius... No tens ni idea del que dius, nena. Ets massa jove per afrontar decisions importants de la vida. Però estic convençut que més endavant, quan trobis la persona adequada per compartir-ho tot, segur que la cosa anirà com una seda. Ara per ara et ben juro que no és el moment. Treu-t'ho del cap.

18

LA FALSA DENÚNCIA

Tots els noticiaris n'anaven plens. La matinada del 10 d'agost un parell d'encaputxats havien assaltat la façana d'uns grans magatzems del centre de la ciutat amb uns còctels Molotov i només la providència havia evitat una desgràcia que hauria pogut ser irreparable.

Els bombers havien treballat de valent per tal de sufocar l'incendi que amenaçava estendre's arreu de l'edifici, i després de lluitar contra el foc durant tota la nit, el balanç definitiu va ser d'un sol mort, tres ferits de certa consideració i pèrdues materials milionàries.

El comissari García estava realment emprenyat. No li agradava gens ni mica haver-se d'aixecar a hores intempestives i encara menys per coses com aquella, però també tenia clar que tot allò formava part de la seva feina, que anava amb el càrrec. I per molt estrany que pogués semblar-li, el fet era que el destí li estava fent un regal del tot inesperat.

L'endemà al matí, des del seu fosc i desendreçat despatx de la comissaria de Via Laietana, en García va fer una trucada que feia molt de temps que havia desitjat fer.

—¿Riera? Soy García. Disculpa que te llame a estas horas, pero quiero comentar una cosa importante contigo...

—Coño, José, buenos días. ¿Y de qué se trata? Tranquilo ya sabes que soy de los que se levantan antes del canto del gallo.

—¿Has escuchado la radio?

—Sí. ¿Lo dices por lo de los actos vandálicos de ayer noche en el centro de Barcelona?

—Claro, Juan, por eso te llamo. La suerte nos sonríe, amigo.

—No te entiendo, García, ¿qué quieres decirme exactamente?

—Solo quería comentarte que no tengo ni idea de quiénes han sido los autores de esa salvajada.

—Pues es una lástima, porque esos hijos de puta se merecen lo peor.

—Sí, Riera, yo creo lo mismo. ¿Pero sabes qué es lo más divertido?

—José, por favor, no te andes con rodeos...

—Tienes razón, querido amigo, iré al grano. No tengo ni idea de quién ha sido el autor, pero tengo muy clarito a quién vamos a cargarle el mochuelo. Y cuando te diga lo que he pensado te va a encantar, seguro...

Des que va obrir els ulls, en Ramon va tenir clar que no li venia gens de gust celebrar la seva majoria d'edat. De fet, ni li venia de gust celebrar els seus vint-i-un anys ni trobava les forces necessàries per aixecar-se del llit.

L'avortament de la Maria havia estat un cop massa dur per a ell, i encara necessitava un temps per digerir la terrible notícia.

Des del mateix dia que la Maria l'hi va explicar, en Ramon va perdre la gana i la son. Mai no s'ho hauria pensat, però per primera vegada a la seva vida li havia semblat entendre quin era el significat veritable de la paraula *ràbia*. No podia fer-hi més, estava absolutament desarmat i impotent, i se sentia terriblement enfonsat pel fet d'haver estat l'últim a assabentar-se'n. I per molt que ho provés, no hi havia manera de treure's del cap la conversa que havia tingut amb la Maria a la seva tauleta preferida del Cafè de l'Òpera.

—Em podries haver dit que marxaves amb el teu pare a Begur, Maria...

—Sí, tens raó, però me'n vaig oblidar.

—Et vas oblidar de parlar amb mi? Maria, em sembla que m'amagues alguna cosa. Parlava amb la teva mare i ni ella mateixa es creia el que m'estava dient. I ara tinc exactament la mateixa sensació amb tu. De veritat vas anar a Begur amb el teu pare? No m'amagues res?

—No, no, Ramon, ja et vaig explicar que vaig haver d'acompanyar el pare a solucionar unes coses i...

—I per què no et crec? No m'ho acabo d'empassar, això, saps? M'has de dir res més?

—Ets un plom, eh, Ramon! —va exclamar la Maria mentre es posava a plorar.

En Ramon va abraçar-la intensament, i mentre li

acaronava els cabells, ella va abaixar la guàrdia i va acabar de sincerar-se.

—Ramon, saps que t'estimo, oi?

—Sí, ho sé, però darrerament fas coses estranyes. Sembla que m'estiguis evitant i això em fa por. Ha passat res amb el teu pare?

—Ramon, aquells quatre dies vaig ser a Londres amb el pare.

—A Londres? I puc saber què hi vas anar a fer allà? —va preguntar el noi mentre inconscientment es posava cada cop més a la defensiva.

—Vaig anar a avortar, Ramon. Vaig anar a avortar perquè el nostre fill deixés d'existir... I des d'aquell dia no m'ho puc treure del cap i em sento morir per dins...

En Ramon va sentir com es trencava alguna cosa en el seu interior.

Quan van trucar al timbre de la porta de casa d'en Ramon, va fer veure que no l'havia sentit, esperant que fos en Lluís qui anés a obrir, però davant la passivitat del seu germà, que encara dormia com un tronc, es va haver de llevar, va posar-se una samarreta i uns pantalons i va sortir a corre-cuita per obrir aquella maleïda porta. Fos qui fos, es tractava d'algú que havia perdut la paciència, ja que donava uns cops de porta salvatges i violents, tant, que en Ramon va arribar a espantar-se de veritat.

—Vols fer el favor d'obrir d'una vegada, Ramon? —va dir-li el seu germà apropant-se amb el rostre somnolent i desencaixat—. Obre, home, obre, no veus que tiraran la porta a terra?

—Ja obro, ja obro! —va cridar en Ramon mentre es mirava, desorientat, en Lluís.

Però no va tenir temps de gaire més, perquè tot just un segon després d'haver girat el pany de la porta, quatre homes armats fins a les dents van entrar com un sol esperit, esbatussant a tort i a dret i sense miraments els dos nois, sense donar cap mena d'explicació ni preguntar res.

El pis del barri de Gràcia va convertir-se en pocs instants en un devastat camp de batalla, i uns minuts més tard, en Ramon i el seu germà Lluís, amb la roba mig estripada i plens de sang, eren emmanillats, encaputxats i conduïts fins a un cotxe negre amb vidres fumats que va accelerar a tota velocitat en direcció cap a un destí desconegut.

La Gemma va haver d'empassar-se la saliva quan va entrar al pis. Era molt pitjor del que li havia explicat la portera, la qual, visiblement afectada, li havia dit que els seus fills havien estat segrestats per uns homes vestits de gris que semblaven de la policia.

La casa estava totalment regirada, de cap per avall. Però el que realment va amoïnar la dona va ser descobrir uns rastres de sang que li donaven una idea aproximada del que allí havia succeït. I sense saber molt bé com ni per què, la Gemma Calvet va tenir la mateixa sensació que havia tingut anys enrere, quan la van avisar que el cos sense vida del seu marit havia estat localitzat surant damunt les manses i pútrides aigües del port de Barcelona.

Mentre la veïna del pis del davant mirava de consolar-la, la Gemma, veient-se perduda, va voler trucar a la Maria per explicar-li quins eren tots els colors de l'apocalipsi.

—Si us plau, que hi és la Maria? Sóc la Gemma, la mare d'en Ramon.

—Gemma, com esteu? Sóc en Joan...

—Joan, estic desesperada. Ha succeït una cosa terrible.

—Gemma, calma't, per favor. Què ha passat?

—Se'ls han endut, Joan. Han vingut uns policies i s'han endut els meus dos fills!

—Però això que dius no pot ser, dona. Uns policies? N'estàs segura? Però els teus fills són uns bons nois, no?

—Són molt bons, Joan, tu ja ho saps. Volia parlar amb la Maria per explicar-l'hi. Estic desesperada. No sé què he de fer ara...

—No t'amoïnis, Gemma. Ara mateix explico a la meva filla el que ha passat. Tu no et moguis de casa. Venim de seguida.

En Joan Riera, a mesura que descobria els rastres de la batalla campal que havia tingut lloc a casa d'en Ramon, no podia deixar de sentir-se interiorment satisfet, mentre veia la mare dels nois i la seva pròpia filla abraçar-se amb l'ombra de la preocupació i la incertesa reflectida als rostres.

«La venjança és un plat que se serveix fred», va dir-se en Riera per dins, en recordar les paraules del seu íntim amic, el comissari García. «El meu amic tenia tota la raó del món quan em deia insistentment que havíem d'esperar. Ara que el noi ja és major d'edat, podrem actuar contra ell amb tot el pes de la justícia. I ja se sap que les lleis ens les maneguem en García i jo, a la nostra pròpia conveniència».

19

UN SILENCI DOLORÓS

La primera cosa que va sentir en Ramon va ser una humitat tan forta que en qüestió de segons va deixar-li la samarreta completament xopa. Amb el regust salat de la suor regalimant-li pels llavis, va adonar-se que tenia el cor embalat com un cavall desbocat, i també va experimentar tanta por que per un moment va pensar que s'havia convertit en el protagonista d'una pel·lícula de terror. Li costava d'entendre què estava passant, ja que aquells desconeguts que havien començat a apallissar-los només obrir la porta de casa encara no els havien donat cap mena d'explicació. De fet, ara que tractava de fer memòria amb un cert detall, s'adonava que aquells homes vestits de gris no els havien dirigit la paraula en cap moment.

A en Ramon li va cridar l'atenció la remor de fons i, tot i tenir el cap cobert per una caputxa, de seguida va intuir que en Lluís es trobava molt a prop d'ell. I ho sabia perquè el seu germà gran, a l'altra banda del mur que els separava, no parava de somicar i de demanar explicacions.

Una estona més tard van escoltar unes veus que

semblaven apropar-se lentament. Després va produir-se un soroll angoixós de portes metàl·liques obrint-se i tancant-se, i novament els plors d'en Lluís, demanant que li expliquessin què estava succeint.

Quan en Ramon va escoltar aquella veu greu i fonda no va poder evitar empassar-se saliva i immediatament la boca li va quedar més seca que l'espart.

—*¿Sabéis qué es lo que solemos hacer con los malnacidos como vosotros?*

—*¡Esto es un error, señor, se lo juro! Le aseguro que ni mi hermano ni yo hemos hecho nada.*

—*¿De verdad? ¿Sabes dónde estás?*

—*Sé que estamos detenidos, pero esto que han hecho con nosotros vulnera todos los derechos humanos. Yo soy estudiante de Derecho y le aseguro que...*

En Ramon no va poder acabar la frase, perquè aquell home de veu greu i mirada sàdica va començar a donar-li puntades de peu mentre li cridava que no digués més bestieses.

—*A ver, hijo, pareces un chaval listo. ¿De verdad te crees que aquí valen algo tus derechos?*

—*Es un error, nosotros no hemos hecho nada...*

—*De eso nada, Ramón. Aquí soy yo quien decide lo que es verdad y lo que es mentira.*

—*¿Sabe mi nombre? ¿Dónde está mi hermano?*

—*Veo que a ti te gusta demasiado hacer preguntas. Parece que no has entendido que aquí quien hace las preguntas soy yo.*

—¿De qué nos acusan, señor?

—Es evidente, chaval, vosotros sois los dos terroristas que ayer quemásteis los escaparates de esos grandes almacenes, y ya te digo yo que aquí dentro no nos gusta nada la gentuza como vosotros.

—¡Pero eso es mentira! ¡Nosotros no hemos hecho nada!

—Sigues sin entender una mierda, hijo. Por si no te queda suficientemente claro, te diré que estáis en la Prefectura de Policía de Vía Layetana, y ya te digo que aquí dentro el que manda soy yo. Aquí, nene, yo soy Dios.

A en Ramon, ja sense la caputxa, li costava acostumar-se a la llum que desprenia la bombeta nua que penjava del sostre. Però tan bon punt va veure que en Lluís estava en una cantonada de la mateixa sala que ell, va respirar alleugerit. L'habitació no era gaire gran, i a en Ramon va recordar-li el soterrani on acostumava a reunir-se amb els seus companys de militància, però aquest era molt més humit i ombrívol. A les parets hi havia una línia de canonades de les quals es filtrava un fil d'aigua que a poc a poc havia format un bassal a terra, i quan en Ramon va fixar-se que el color d'aquell toll era el vermell de la sang, va mirar d'incorporar-se per veure en Lluís.

—Lluís? Com estàs? Em pots sentir?

—Ramon...

Llavors el soroll d'una porta va interrompre la conversa. El comissari García encapçalava una sinistra comitiva que tancava un home prim i elegant que duia a la mà un maletí de metge. Amb la camisa arromangada i el nus de la corbata afluixat, el comissari va fer un gest còmplice als seus homes, que d'una revolada van agafar en Lluís i el van apropar a les canonades, on el van deixar emmanillat. En Ramon de seguida va veure que al seu germà li costava aguantar-se dempeus i que es queixava d'un cop a la cara que li havia deixat un ull de vellut.

—*Bueno, Ramón, imagino que ahora ya estarás contento. Te hemos traído a tu querido hermanito...*

—*¿Qué quiere de nosotros?*

—*Yo no quiero nada de vosotros. Te aseguro que no tenéis nada que pueda interesarme. De hecho no me interesa ni siquiera vuestra propia vida. No tenéis ningún valor para mí, hijo.*

—*¿Y por qué estamos aquí?*

—*Porque sois terroristas, eso está bien claro.*

—*No es verdad. Nosotros no hemos hecho nada malo.*

—*No me tomes por imbécil, niño, que yo me caliento muy rápido.*

—*No somos terroristas...*

—*Hijo, a mí me parece que tú todavía no has entendido el lío en el que te has metido. Si yo digo que sois terroristas, eso es lo que sois. Y ya te aviso de antemano de que aquí los enemigos del Régimen no son bienvenidos. De hecho, os he querido preparar un recibimiento muy especial. Ya verás como te gusta, querido Ramón, ya verás como te gusta.*

El comissari García va deixar pas a l'home prim i elegant que de seguida va fer-se càrrec de la situació. En Ramon i en Lluís encara no ho sabien, però aquell era un dels homes de confiança d'en García, l'especialista en allò que, internament, anomenaven *casos especiales*.

Amb una gran parsimònia, l'homenet es va treure l'americana i va doblegar-la acuradament abans de deixar-la al damunt d'una cadira. Després, va treure unes ulleres rodones de pasta negra del maletí i va dipositar al damunt de la taula tot un arsenal d'instrumental que va gelar la sang d'en Ramon.

Quan el noi va veure que tapaven la boca al seu germà, va mirar d'incorporar-se per plantar cara als agressors, però de seguida va rebre un munt de puntades de peu i cops de puny que li van fer passar les ganes. I quan per fi van aconseguir domesticar la seva ànima, va començar la sessió de tortures, en la qual hi va haver de tot, moments de dolor i d'extrem patiment per a en Lluís i també per a ell mateix.

Quan en Ramon va notar que el penjaven d'una politja del sostre, de seguida va sentir que les espatlles li sortien de lloc, però aquell va ser un dolor suportable comparat amb el que va experimentar quan l'homenet de mirada sàdica va començar a donar-li fuetades amb una prima però duríssima porra metàl·lica. Les terminacions nervioses del noi van acabar per rendir-se, i cada vegada que perdia el sentit, un altre dels policies el despertava per regalar-li una nova sessió. Finalment, esgotats i avorrits amb aquell joc macabre, van decidir despenjar-lo.

En Lluís tampoc no va lliurar-se dels experiments retorçats de l'home, però l'única diferència va ser que, en aquesta ocasió, tots van voler participar de la festa. D'un en un, tots els policies que hi havia a l'habitació van apallissar el jove. I cadascun d'ells ho feia d'una manera diferent, com si estiguessin competint per veure qui era capaç de provocar-li més i més dolor.

En Ramon, amb els ulls mig tancats per la sang que li rajava d'una ferida que li havien fet al cap, no podia fer gaire cosa més que observar impotent com, a poc a poc, la vida del seu germà anava traspassant els perillosos límits que imposaven aquells homes d'ànimes negres.

Quan en García va voler participar en aquell tenebrós joc, en Lluís ja només era un munt de carn i d'ossos trencats, un ésser esguerrat que amb penes i treballs aconseguia mantenir la consciència. Però, quan jugues a mig camí entre la vida i la mort, és molt fàcil passar-te de frenada.

Quan el comissari García va parar de donar-li cops, de seguida va saber que havia traspassat el límit, i, amb un gest imperceptible, va indicar a l'homenet que s'apropés al jove per auscultar-lo i per certificar que, efectivament, un d'aquells cops li havia trencat el coll.

Quan en Ramon va despertar del seu malson va veure que l'habitació s'havia quedat buida. No hi havia cap rastre ni dels policies ni d'en Lluís. I mentre començava a cridar i a plorar desesperadament, va tenir clar que el seu germà havia estat assassinat per aquells homes que, tal com l'havien advertit, creien posseir el mateix poder que Déu.

Però el silenci no sempre comporta la pau. I en Ramon sabia que l'insuportable i ensordidor silenci que ara escoltava en aquella habitació mal ventilada i carregada d'humitat era el so mateix de la mort.

20

SENSE NOTÍCIES

La Gemma i la Maria estaven desorientades, sense cap pista clara que les ajudés a explicar-se què havia succeït. Ningú no sabia res d'en Ramon ni d'en Lluís. Semblava ben bé que la terra se'ls hagués empassat. I la veritat era que els rastres que havien anat deixant rere seu no eren gaire esperançadors. Dos nois trets a la força de casa seva per uns policies no era una cosa que fes pensar res de bo. Les dues dones n'eren conscients.

Les hores passaven amb una cadència i amb una lentitud que les feia desesperar i, després de fer un munt de trucades, van decidir iniciar una llastimosa peregrinació que va acabar conduint-les a la comissaria de Vía Layetana. Els nois estaven detinguts en aquelles dependències, però ningú no els precisava quins càrrecs tenien en contra. Els ho havia dit en Joan Riera.

Quan la Maria va veure el comissari García, se li va abraçar i, tot seguit, va pregar-li, en nom de la vella amistat que l'unia al seu pare, que li expliqués què estava succeint amb el seu xicot i el germà.

—*¿María, hija, pero puedo saber qué haces tú aquí?*

—Mi padre me ha dicho que ha hablado contigo y que le has confirmado que Ramón, mi novio, está detenido.

—¿Ramón, dices? ¿Qué Ramón?

—Ramón Miserachs y su hermano Luis...

—Ah, sí, es verdad. Pero no te preocupes niña. Se trata de un simple formalismo. Seguro que todo se resolverá de la mejor manera posible.

—¿Pero, qué han hecho? Se los han llevado esta mañana de su casa y...

—Niña, no te metas en estas cosas. Tendrías que hacerle más caso a tu padre, María. Ya te he dicho que se trata de una simple formalidad, nada de lo que tengas que preocuparte.

—¿Pero, hasta cuándo estarán detenidos? ¿Podemos verlos? Ahí está su madre, ves... Y está desesperada.

—Es imposible que los veáis ahora. Pero lo que sí tenéis que hacer enseguida es ir a descansar un rato. Ya os llamaré tan pronto como pueda, ¿de acuerdo? No te preocupes, María, tus amigos están en buenas manos...

Quan algú creu que és Déu, està convençut que té a les seves mans el destí de les persones. I quan el desig de venjança es barreja amb la voluntat de fer mal, l'elixir mortal pot tenir efectes i conseqüències impredictibles.

Quan els homes d'en García van entrar a l'habitació on havien estat torturant en Ramon, van trobar-se el noi sense consciència, ple de vòmits i d'excrements que no s'havia pogut aguantar.

El van despertar ruixant-lo amb l'aigua que un dels policies havia recollit en una galleda. L'efecte va ser immediat, i mentre en Ramon mirava de lluitar per protegir-se d'aquells homes que havien matat el seu germà, el comissari va tornar a fer acte de presència en el seu regne de dolor, sang i mort.

—*Ya ves, chaval, incluso a mí se me va la mano alguna vez.*

—*¡Asesinos, habéis matado a mi hermano!*

—*Son gajes del oficio, Ramón, solo son gajes del oficio. No me gustaría que te lo tomaras como algo personal, hombre. Creo que lo que ha pasado aquí podríamos calificarlo de accidente. Pero si quieres que me sincere del todo, debo confesarte que creo que tengo un problema contigo.*

—*¡Le voy a decir a todo el mundo lo que haces, hijo de puta!*

—*No seas tan inocente, hijo, en esta ciudad todo el mundo sabe quién soy y también sabe lo que se cuece entre estas paredes. Si quieres asustarme, la verdad es que no lo estás haciendo nada bien. Para mí, tú eres nada, ¿lo entiendes?*

—*¿Entonces qué? ¿Vas a matarme a mí también?*

—*No bonito, eso no, Dios me libre. Para ti tenía pensada otra cosa, pero ahora con lo de tu hermano voy a tener que cambiar mis planes.*

—*¿Qué quieres decir?*

—*Ya lo verás, chaval, ya lo verás. Pero tengo que entregar un culpable a la justicia.*

—*¿Pero de qué soy culpable exactamente? Yo no he hecho nada.*

—Eso es lo que tú dices, pero los entrometidos y los fisgones siempre os estáis buscando problemas. Además, debes saber que con todo esto estoy haciendo a alguien muy feliz.

—¿De qué me hablas?

—Lo que estoy tratando de decirte es que tú mismo te has buscado tu ruina. Y no hace falta que me manche la camisa de seda con tu sangre. Sinceramente, no creo que salgas vivo del lugar donde voy a enviarte. La suerte ya está echada.

Els tràmits per ingressar-lo a la presó Model de Barcelona van reduir-se a la mínima expressió. La paraula del comissari García era suficient per obrir o tancar les portes del lloc on s'aplegaven un bon grapat de presos provinents d'arreu de Catalunya.

Quan en Ramon va sortir de la furgoneta i va veure's en aquell pati fred i gris va espantar-se de valent. L'havien fet pujar al vehicle de pressa, després de despullar-lo, canviar-li la roba i fer-lo sortir per una porta ben discreta de la comissaria de Vía Layetana, lluny de qualsevol mirada tafanera.

Ràpidament van conduir-lo a una sala on va haver de dipositar els pocs objectes personals de valor que li havien deixat, bàsicament un rellotge que era del seu pare i una cartera de pell envellida, de la qual va poder recuperar una petita fotografia de la seva mare i una altra de la Maria.

Quan li van donar l'uniforme que havia de posar-se,

gris com les parets i com el seu ànim, en aquell moment, va sentir-se estrany. Les darreres hores havien estat tan fosques i doloroses que es veia a ell mateix com el protagonista d'una pel·lícula en blanc i negre amb final previsible.

A mesura que anava avançant pels passadissos, les cares dels guàrdies semblaven anar-se endurint i, quan va traspassar la porta que l'havia de conduir a la seva galeria, va sentir com una gota gèlida li recorria l'espinada.

La presó de Barcelona era un lloc que havia inspirat infinitat de rumors i de llegendes urbanes, més o menys creïbles, i els testimonis reals es barrejaven amb les fantasies de la gent. En qualsevol cas, de tot plegat n'havia sortit una col·lecció d'històries increïbles que parlaven d'un lloc que convocava els assassins, els violadors i els sàdics més salvatges que cada dia que passava es tornaven encara més cruels. Allí l'única llei que es respectava era la del més fort, i l'ambient era tan violent que només uns pocs guàrdies armats fins a les dents gosaven entrar en aquell cau del mal.

Quan en Ramon va començar a avançar per aquell passadís envoltat de cel·les, va sentir que se li gelava la sang. Els reclusos tenien la seva manera particular de rebre els nouvinguts, i a cap d'aquells homes assedegats de violència els va passar desapercebuda l'arribada d'un jove que, a part d'un ull de vellut i d'uns quants blaus, els va semblar un jovenet prou tendre i melós.

—Com et dius, noi? —li va preguntar una veu agradable des del fons de la cel·la.

—Ramon, em dic Ramon.

—Ramon, jo sóc en Marcel. Ja tindrem temps de coneixe'ns, però t'adverteixo que si tens ganes de tornar a veure com surt el sol, no et separis del meu costat. T'aconsello que facis en tot moment el que jo et digui.

—Per què ho dius això? Jo no he fet pas res mal fet.

—Doncs si no has fet res, pitjor per tu, noi. Però has de saber, i com més aviat millor, que tota la gent que hi ha en aquesta galeria, t'asseguro que sí que han fet més d'una animalada. I més d'un estaria disposat a matar o a morir per passar una estona amb tu. M'explico?

—Sí, t'he entès.

—Doncs guarda les teves coses a la taquilla i mira de descansar una mica a la teva llitera. Per cert, la meva és la d'aquí a baix. Cap dubte?

—M'assalten tots els dubtes del món, ara mateix, Marcel. I tu per què em vols ajudar?

—M'has recordat algú, això és tot.

—I puc saber a qui?

—Mira, fill, senzillament m'has fet pensar en mi mateix la primera vegada que vaig entrar a la presó. I no m'agradaria gens ni mica que haguessis de viure tot el que vaig haver de passar jo.

—Gràcies doncs, per endavant...

—Encara no em donis les gràcies, no ha sortit el sol...

21

LA FESTA DE BENVINGUDA

La rebuda va ser absolutament despietada.

El vell Marcel no va poder fer res per protegir el nouvingut i, tal com havia sospitat, passada la mitja nit, va començar a percebre el soroll d'algunes portes metàl·liques que s'obrien, unes passes furtives que s'apropaven a la cel·la, i les rialles ofegades d'uns homes que tenien ben apresa la lliçó. Aquella era la comitiva de benvinguda, i la seva única missió era la de fer entendre a aquell noiet quines eren les normes que regien el seu món de malsons.

Els tres homes van plantar-se davant la cel·la d'en Ramon i van obrir la porta amb una tranquil·litat que hauria gelat l'ànima del mateix diable. Amb un lleu gest de cap, el més baixet del grup va convidar en Marcel a sortir, mentre els altres dos desconeguts s'apropaven a la llitera i atacaven en Ramon, que, mig endormiscat, no va poder fer gaire cosa per defensar-se.

Quan el noi va mirar d'incorporar-se, va veure que no es podia moure. Immobilitzat, va començar a girar el cap, cap amunt i cap avall, quan de sobte va adonar-se que els atacants volien posar-li un mocador a la boca per ofegar-ne els crits.

En el moment en què van comprovar que el noi no podia moure's, van prémer encara una mica més els nusos i van sortir de l'habitació sense pronunciar ni una sola paraula.

Mentre s'esforçava per recuperar el ritme de la seva respiració, en Ramon provava d'imaginar el que succeiria a partir d'aquell instant. Res no tenia sentit, i emboirat per pensaments negres de tempesta, records i llàgrimes, va aguantar l'aire mentre tensava els músculs, tot escoltant algú que xiulava una melodia que de seguida va fer-li recordar en Lluís. Aquella era una de les cançons preferides del seu estimat germà, i també era la melodia que havia estat xiulant un dels torturadors de la comissaria de Vía Layetana mentre jugava amb les seves vides.

—Em recordes, veritat, noi? —va xiuxiuejar a en Ramon a cau d'orella—. Doncs és molt important que m'escoltis amb atenció perquè avui aprendràs les lleis que governen aquest racó de món. I ja et dic jo que les lleis les escrivim nosaltres. Fins aquí tot clar, veritat?

En Ramon assentia amb el cap mentre s'anava empassant saliva, amb una certa dificultat. En aquelles circumstàncies hauria dit que sí a qualsevol cosa que li hagués proposat aquell home.

—Ramon Miserachs, a partir d'avui hauràs d'aprendre a veure, a escoltar i, tot seguit, a callar, perquè ja saps el que li va passar, al teu germà. I si no vols que ningú més surti perjudicat pel teu mal cap, ja saps el que has de fer. De tota manera, perquè facis memòria, avui t'hem preparat una petita festa de benvinguda amb uns amics molt especials. Desitjo de tot cor que en gaudeixis. I, per damunt de tot, recorda el que t'he dit. Si no vols que ningú més prengui mal, a partir d'avui hauràs d'anar-te fent a la idea que has desaparegut del mapa. Ja no interesses a ningú, noi. Comprens? Pots considerar-te home mort...

L'inquietant torturador va marxar xiulant aquella mateixa cançó que tantes vegades havia tocat en Lluís amb la seva guitarra, i només uns minuts més tard, van tornar-se a repetir aquelles passes, la corredissa d'ombres tètriques i una terrible sensació de soledat, indefensió i pànic.

De sobte, dos sicaris van abraonar-se damunt seu, li van treure el mocador de la boca, el van deslligar, el van llançar de la llitera a terra i li van posar una bossa de plàstic al cap, que obrien i tancaven a mesura que els espasmes del noi s'anaven intensificant.

Completament despullat, amb la bossa al cap i amb les mans lligades a l'esquena, van treure'l de la cel·la a puntades de peu i van fer-lo passar pel mig d'una filera de presos que, armats amb tota mena d'estris, l'anaven colpejant, a tort i a dret, mentre en Ramon mirava d'arribar al final d'aquell sagnant túnel humà. I després de tornar a caure, abatut, un parell de vegades més, pels cops que li donaven per tot el cos, de sobte van arribar el silenci i l'obscuritat.

Quan en Ramon va obrir els ulls, va trobar-se amb la mirada plena de complicitat que li dedicava el vell Marcel. L'home havia mirat d'enfrontar-se als agressors del noi, però de seguida va tenir clar que, en aquella ocasió, el més sensat era mantenir-se al marge, aclucar les parpelles i resar perquè tot aquell malson passés ben de pressa. Sabia que, en principi, la vida del seu nou amic no corria cap mena de perill, ja que si realment aquells paios ho haguessin volgut, ja se n'haurien desempallegat sense necessitat d'organitzar el que va semblar-li una mena d'obra de teatre decadent, en la qual els actors no eren res més que uns ridículs titelles en mans d'algú que gaudia amb el patiment aliè. En Marcel era un gat vell, i no li va caldre que ningú li expliqués res per entendre que el noi només era la víctima innocent d'algú molt poderós amb una enorme set de venjança.

Amb l'ajuda d'un altre pres, el vell havia portat el noi fins a la seva llitera, i davant de la mirada inexpressiva d'un guàrdia que feia la vista grossa, li va curar les ferides, mentre li explicava la seva pròpia experiència de quan havia entrat a la presó per primera vegada. I amb la mateixa estimació d'un pare cap al seu fill, va parlar-li de l'acceptació del dolor com un fet inherent a la condició humana.

22

JA NO T'ESTIMO

La Maria, tan aviat com va sentir dringar el telèfon de casa, va aixecar-se d'una revolada de la seva butaca preferida i va córrer esperitada cap a l'aparell, amb l'esperança dibuixada al rostre. Alguna cosa a dins li deia que aquella vegada sí que, per fi, tindria alguna notícia d'en Ramon, alguna nova que l'ajudés a calmar l'ansietat amb la qual vivia des de la sobtada desaparició del noi, ja feia ben bé una setmana. En tot aquell temps ni ella ni la Gemma no havien aconseguit cap resposta prou clara sobre el que estava succeint. Fins i tot, quan havia pregat al seu pare que parlés amb el comissari García perquè esbrinés què estava passant, l'única cosa que va arribar a saber va ser que els dos nois estaven bé i que sortirien d'allí tan aviat com ho decidís la justícia.

—Digui?

—Maria? Sóc jo, en Ramon.

La noia, quan va sentir aquella veu, va caure de genolls a terra, va prémer el seu cor contra el telèfon i va esclatar en un plor alliberador.

—Maria, que hi ets?

—Amor meu, on ets? Em vols explicar què ha passat?

—No t'has d'amoïnar per res, Maria. En Lluís i jo estem bé. A hores d'ara ja ha passat l'ensurt.

—Però, què ha passat?

—Res de greu. En Lluís i jo vam beure una mica massa l'altra nit i es veu que algú ens va denunciar.

—Però, i ara? On sou?

—Mira, Maria, precisament et truco per això. Ho he estat pensant força i he arribat a la conclusió que la nostra història no té cap futur. Tu i jo som massa diferents, saps?

—Però, què dius?

—Escolta, Maria, com vols que t'ho digui... No t'adones que el que estic mirant de fer ara mateix és trencar amb tu?

—I m'ho has de dir per telèfon? Així, sense cap més explicació? Us vénen a buscar a casa, us porten a la comissaria, desapareixeu durant uns quants dies i quan tornes a donar senyals de vida és per dir-me això? T'he de veure, Ramon, vull que em diguis tot això mirant-me als ulls.

—És impossible, Maria.

—I puc saber per què és impossible?

—En Lluís i jo hem decidit marxar del país i no tornar mai més.

—Que us heu begut l'enteniment? I la teva mare? Ja li heu trucat per explicar-li que esteu bé? No ho sé, Ramon, estàs fent unes coses molt estranyes. Sembles una persona tan diferent... Gairebé ni et reconec.

—Mira, en això que dius t'he de donar tota la raó. Et ben juro que ja no sóc el mateix. Aquell Ramon que vas veure per darrera vegada, fa pocs dies, ha mort. Ja no t'estimo, Maria, i ara el que hauries de fer és oblidar-me.

—No et crec, no senyor...

—Doncs si no em creus és el teu problema. La nostra història és impossible, el teu pare mai no m'ha acceptat i mai no m'acceptarà.

—La nostra història només és nostra, no posis el meu pare com a excusa, per favor.

—Maria, jo no t'estimo...

—No et crec. No juguis amb mi, Ramon. Saps que m'estàs trencant el cor?

—No vull fer-te mal. Però aquesta és la meva decisió. Tu i jo no podem estar junts, ni ara ni mai.

—Estàs segur del que dius?

—Sí, absolutament segur, Maria.

—Però, almenys, digue'm on ets...

—Ara he de penjar, Maria. Una abraçada i fins sempre.

—És clar, d'acord.

—Maria, una altra cosa.

—Què més em vols dir?

—Res, Maria, només et volia dir que no oblidis mai la nostra cançó.

—Llavors, m'estimes?

En penjar, el comissari García va donar a en Ramon

un parell de copets a l'esquena. El noi no podia reaccionar, estava paralitzat, i mentre es tapava la cara amb les dues mans, avergonyit del que s'havia vist obligat a fer, no podia deixar de pensar en el forat negre que de ben segur havia provocat la seva trucada en el cor de la Maria.

—*Lo has hecho muy bien, hijo, tal como habíamos quedado. La verdad es que me has sorprendido, podrías llegar a convertirte en un gran actor. Pero bueno, eso mejor dentro de un tiempo, porque ahora, con las magulladuras y los moratones que tienes en la cara, no te contrataría nadie, ¿no te parece?*

—El que a mi em sembla és que ets un malparit!

No va tenir temps de dir ni una paraula més. El comissari García en persona va demanar als seus homes que s'apartessin del davant, i, després d'arromangar-se la camisa, va començar a apallissar aquell noi amb cara d'àngel que havia tingut la gosadia de parlar-li d'aquella manera. I mentre li anava clavant cops sense parar, li repetia una vegada i una altra que a ell ningú no li parlava així sense rebre un càstig.

Quan el comissari es va cansar, esbufegant per tant d'esforç, va deixar que els seus homes acabessin, tal com calia, la feina.

La pallissa i les tortures van allargar-se una vegada més fins ben entrada la matinada, i quan van arrossegar el noi fins a la cel·la, els policies encara van poder escoltar com els deia: «I la meva mare? La deixareu anar, ara que ja he fet tot el que volíeu...?».

En Ramon no podia saber-ho, però per tal d'obligar-lo a fer aquella trucada a la Maria, el comissari García i en Joan Riera s'havien empescat aquell engany. Havien pactat que dirien al noi que la seva mare estava detinguda i que només depenia d'ell que la deixessin anar. Tot formava part d'un joc macabre fruit de la ment pertorbada d'uns homes febles però amb massa poder.

Quan la Maria va trucar a la Gemma per explicar-li la conversa que havia tingut amb en Ramon, la mare dels nois no sabia si posar-se a riure o bé a plorar.

—T'ha dit tot això, el meu fill?

—Sí, Gemma.

—I t'ha dit que estan fora d'Espanya?

—No m'ha volgut dir el lloc on són, però m'ha assegurat que ell i en Lluís han marxat per no tornar mai més.

—Tot això és molt estrany, Maria, no creus?

—Sí, tens raó, i el que més intrigada m'ha deixat ha estat que tot just abans de penjar m'ha dit que no m'oblidi mai de la nostra cançó.

—La vostra cançó? Doncs ara sí que no entenc res de res. I puc saber quina és?

—La nostra cançó és i serà sempre «Paraules d'amor», d'en Joan Manuel Serrat.

—Em sap greu, filla, em sap molt greu el que t'ha dit. Però, com a mínim, ara sabem que tots dos estan bé. Jo crec que, al final, tot plegat no haurà estat cap altra cosa que una rebequeria de nens grans, ja ho veuràs.

—I ara?

—Ara només podem esperar. No t'amoïnis, tan aviat com torni ja parlaré amb ell.

La Maria no es podia creure el que estava passant, i sense saber com ni per què, va acabar passejant pel parc de la Ciutadella.

I seguint aquell ritual d'amor que havia repetit tantes vegades amb en Ramon, va llançar una rosa vermella al llac amb la intenció d'invocar un amor que semblava estar ferit de mort.

23

DESOLACIÓ

L'estiu va arribar al final. I cada dia que passava sense notícies d'en Ramon, la Maria se sentia morir una mica més per dins. Havia recordat mil i una vegades la conversa que havien tingut, i per més voltes que hi donés, sempre arribava a la mateixa conclusió: no entenia ni un bri de l'estrany comportament d'en Ramon.

Va costar molt de consolar-la, però, a poc a poc, en Joan Riera va anar-se acostant a la seva filla amb una actitud i en un to clarament conciliador i amorós, com mai no li havia demostrat fins aleshores. Era tan gran el canvi que estava fent l'home, que fins i tot la Júlia començava a fer-ne broma, i ja deia obertament a tothom que a l'àtic de la rambla de Catalunya s'havia produït un miracle. El fet era que, per primera vegada en molts anys, a casa de la Maria Riera es tornava a respirar un ambient familiar i, per molt estrany que pogués semblar, els cops, els crits i les paraules grolleres van deixar lloc a les rialles i a la complicitat d'una família que feia pinya.

La prioritat era que la nena de la casa s'oblidés, al més aviat possible, d'aquell impresentable que li havia robat el cor, i, per tal d'aconseguir-ho, el senyor Riera estava disposat a qualsevol cosa. La seva princesa no es mereixia patir per culpa d'un indesitjable com en Ramon. I, tot i que cada dia pensava que aquell patiment també era degut a ell, de fet, li agradava recordar que a la vida cal sacrificar moltes coses i que per desinfectar bé una ferida cal posar-hi alcohol. I és clar, l'alcohol tothom té clar que cou.

—Em sap molt de greu veure't així, filla.

—Ja ho sé, pare, però ara per ara no hi puc fer més. M'ha fet molt de mal, saps?

—Ja m'ho penso, menuda, ja m'ho penso. Però saps una cosa?

—Digues, pare.

—Doncs que al final només queda la família.

—Sí, tens raó. I no saps com agraeixo la manera com m'estàs ajudant. T'estimo, pare, i per a mi tots els problemes i les discussions que hem tingut tu i jo fins ara ja formen part del passat.

—Filla, ja saps que jo estic aquí per tot el que necessitis. Ja sé que tinc un caràcter fort, i fins i tot mal geni, però és que a mi m'han educat així. Amb una disciplina gairebé militar.

—Tant se val, pare. Com molt bé dius, darrerament tornem a semblar una família de veritat. I això m'ajuda a tirar endavant.

—Doncs, saps una cosa? Crec que hauries de sortir una mica més i mirar de distreure't. Oi que la teva amiga Sabine vindrà a Barcelona d'aquí a uns dies? Doncs aprofiteu, dona, i marxeu un cap de setmana a la platja.

—Tens raó, pare. Ja no trobo cap sentit al fet de passar-me més i més dies aquí tancada a casa.

—Penso el mateix, Maria. I recorda el que t'he dit abans: al final només queda la família.

El viatge fins a Cadaqués va començar carregat de records que s'endinsaven en la boira de l'oblit. I mentre l'atrotinat autocar de la Sarfa dibuixava els darrers revolts abans d'entrar al bell poble de pescadors, la Maria va prometre a la Sabine que durant aquell cap de setmana es prohibiria a ella mateixa pensar ni un sol instant en en Ramon. Però gairebé de manera inconscient va tornar a visitar tots els indrets de la vila marinera que havia descobert amb el seu primer amor.

Després de desfer la bossa a l'habitació de l'Hotel Llané Petit, van agafar la tovallola i van córrer fins a la platja per aprofitar les darreres hores de sol.

El mar els va donar la benvinguda amb unes petites onades coronades d'escuma blanca que els remullaven els peus, i així, suaument, mentre parlaven de tot i de res gaudint de les carícies del sol escalfant els seus cossos, la Sabine va assenyalar un dels extrems de la platja on un noi alt, de cabells foscos com una nit sense lluna, fotografiava, embadalit, els colors i la màgia d'un poble que havia robat el cor a tants artistes.

A mesura que se'ls anava apropant, les dues noies es posaven més i més nervioses, i és que el noi, una mica badoc, era tot un veritable galant, un personatge d'aquells que semblava ben bé sortit d'una vella pel·lícula en blanc i negre de Hollywood. Quan va ser davant d'elles, amb l'excusa de preguntar alguna cosa que resultava més que evident, van començar a xerrar, a riure i a descobrir que en Peter també havia estat en aquell memorable festival de Woodstoock com a corresponsal d'un diari.

Aquella mateixa nit, tots tres van sopar en una terrassa a la vora del mar, i entre copes de vi i rom cremat, el món de la Maria va anar transformant-se en un territori plaent on tot podia ser possible. Fins i tot oblidar en Ramon.

L'endemà, a primera hora, la Sabine, la Maria i el seu nou amic, el fotògraf nord-americà amb posat de galant de cinema, van llogar un petit veler i van navegar, sense pressa i sense temps, mar endins. I allà, enmig del no-res, els tres amics van despullar-se i van gaudir del sol, de l'aigua salada i de la brisa càlida.

Cap al tard, quan ja començava a fer-se fosc, van tornar a quedar per sopar, però aquesta vegada van preparar un pícnic damunt la sorra de la platja. Després de les postres, en Peter va agafar la guitarra i va tocar un munt de belles cançons que van fer somiar les noies. I mentre els dits del noi acaronaven les cordes de l'instrument, la Maria i la Sabine no deixaven de beure i de riure fins que, embriagades per l'alcohol, van proposar de fer l'últim bany de l'estiu sota la lluna plena.

Els jocs van deixar pas a la carícies, i quan la Sabine va acabar d'eixugar-se i de posar-se la roba, va veure que, a tocar de les roques, la Maria i en Peter s'abraçaven i es besaven sense mesura.

Aquella nit la Sabine va dormir sola a l'habitació, i l'endemà al matí, quan la Maria li va picar a la porta, es va trobar la seva amiga que rompia a plorar desconsoladament.

—Ho he fet per oblidar en Ramon, Sabine...

—Ja ho sé, bonica.

—Però les coses no funcionen així, Sabine. Et vaig prometre que no pensaria més en ell, però mentre en Peter em feia l'amor, no podia deixar de pensar ni un sol instant en en Ramon. Estic boja, veritat?

—No, Maria, no estàs boja. Només ets una dona amb el cor trencat.

Per a mossèn Vinyes semblava que no passaven els anys, i a la Maria li agradava fer sovint la mateixa broma a aquell home que sempre havia estat al seu costat, especialment en els moments més difícils.

—Mossèn, jo sempre us veig igual. No deu ser que heu fet un pacte amb el diable?

—Jo al diable no li demano ni l'hora que és, filla, i tu ja ho saps prou bé. Però digue'm, com va tot? Ara feia dies que no em venies a veure aquí, a la parròquia.

—Les coses no van del tot bé, mossèn. Darrerament fins i tot he arribat a pensar que la meva vida no té cap sentit.

—I doncs, què t'ha passat? Els problemes de sempre amb el teu pare?

—No, encara que costi de creure, amb ell les coses van millor que mai. He tingut una decepció molt gran. M'han trencat el cor i ara mateix, quan em miro el pit, només hi veig un forat molt negre.

—Qui ha sigut?

—En Ramon.

—Però no us anava tan bé? Jo fins i tot vaig arribar a pensar que algun dia us casaria...

—Doncs ha marxat del país amb el seu germà, i ara resulta que no vol saber res més de mi. Em va trucar i va dir-me que ja no m'estimava, però hi havia alguna cosa en el seu to de veu que...

—Què vols dir?

—No ho sé, mossèn, vaig tenir la incòmoda sensació que no es creia tot allò que m'estava dient. Era com si estigués interpretant un paper. No sé si m'explico...

—Ja t'entenc. De vegades les persones fem coses molt estranyes. I ara on para? Saps res d'ell?

—Res, no en sé absolutament res. Només el que us he explicat. Una trucada en la qual em diu que ja no em vol al seu costat i que està fora del país.

—Tu creus que s'ha ficat en algun embolic?

—No ho sé. Abans de marxar van arrestar-los, a ell i

el seu germà. Es veu que una nit de borratxera van fer una mica el gamberro...

—No crec que hagi estat per aquest motiu. Mira, filla, de vegades les persones canviem d'un dia per l'altre. Sé que costa d'acceptar, però si aquesta és la voluntat de Déu...

—És que em sento molt malament. Jo no l'he deixat d'estimar ni un sol instant, però ara fa tot just uns quants dies vaig estar amb un fotògraf nord-americà.

—Quan dius que vas estar, a què et refereixes exactament?

—Vaig estar amb ell al llit.

—Però Maria....

—Ja ho sé, ja ho sé, mossèn. Però us asseguro que no he vingut a veure-us perquè em claveu un dels vostres sermons. El que em passa és més profund que tot això. Si he vingut és perquè necessito que m'expliqueu com puc salvar la meva ànima...

—Et sents culpable, oi?

—Molt, mossèn Vinyes.

24

LA CASITA BLANCA

El primer dia de tardor del 1970 la Maria va fer-se la ferma promesa que continuaria la seva vida amb tota normalitat, i, per tal d'aconseguir-ho, es va concentrar al màxim en els estudis de Belles Arts, davant la mirada satisfeta del seu pare. Ella era la primera que entrava a les classes i la darrera que en sortia, i cada dia practicava a casa, en un estudi que s'havia habilitat per poder pintar, fer escultures i posar en pràctica noves tècniques. La Maria volia experimentar una nova vida dedicada a la creació en la qual no hi hagués ni un segon per perdre en lamentacions sobre el que hauria pogut ser.

En Joan Riera se sentia plenament satisfet de com s'anava endolcint la relació amb la seva filla, però, per damunt de tot, se sentia orgullós de l'èxit del seu pla i de la complicitat que l'unia amb el seu vell amic, el comissari García. Un èxit que calia celebrar com cal.

En Riera no necessitava demanar cap mena de cita prèvia, i quan va apropar-se a la comissaria de Vía Layetana per saludar el seu col·lega, només va haver d'esperar-se uns minuts abans de ser atès.

—Don José Francisco García, se le saluda con mucho afecto, como siempre.

—Hombre, Riera, ¿cómo estás?

—Bien, hombre, bien. Con ganas de explicarte novedades, pero, sobre todo, con muchas ganas de celebrar cosas contigo.

—Eso me gusta de ti, Riera, que sabes cuidar a tus amigos.

—Por cierto, ¿cómo está el mochuelo?

—Lo tengo acojonado, Riera. Ahora mismo está en tierra de nadie. Lo he metido en la peor galería de la Modelo y allí, como te puedes imaginar, hago y deshago todo lo que me sale de los cojones.

—Por pura curiosidad, ¿pero de qué fue acusado, al final?

—Pensé en hacerle cargar con el muerto de lo que pasó en el centro de la ciudad con ese incendio de los grandes almacenes, pero aquello fue demasiado gordo. Recuerda que hubo muertos, y nos hubiéramos liado con juicios y demás líos. Ya veremos qué se nos ocurre, Riera. Pero por el momento lo tengo bien encerrado.

—¿Y el hermano?

—Se nos fue la mano con él, lo reconozco. A veces nos dejamos llevar por la emoción del momento y se nos nubla la vista. Pero no pasa nada, ni ha sido el primero ni va a ser el último. Lo más importante es que nunca nadie podrá recuperar su cuerpo.

—¿Y la madre no dice nada?

—La madre de los chavales cree que los dos están fuera de España. Por su bien espero que siga creyendo en esa mamarrachada durante mucho tiempo, porque como se ponga pesada me la voy a tener que quitar de encima también.

—*Coño, García. ¡Eres un genio en lo tuyo! Un verdadero artista. Tienes todo mi respeto, mi admiración y también...*

—*¿Y también, qué?*

—*Y también tienes todo mi agradecimiento. Y ya sabes que con mis amigos me gusta ser generoso.*

—*Lo sé Riera, pero conmigo no hacen falta todos esos cumplidos, hombre, que ya nos conocemos. Hoy por ti y mañana por mí.*

—*Insisto, García, ya verás cómo va a gustarte la sorpresa que te he preparado.*

Quan en Riera i el comissari van arribar a la suite de luxe del popular *meublé* La Casita Blanca, tot estava preparat. Les quatre prostitutes eren exactament tal com li agradaven al seu amic policia: primes, no gaire altes, amb la pell molt blanca i rosses. El xampany francès va córrer a dojo, i només una estona més tard, entre rialles i canapès de caviar, els dos homes van començar a fer volar les seves fantasies més obscures amb aquelles dones que mai més no els voldrien tornar a acceptar com a clients. Mai. Ni per tot l'or del món.

Molt lluny d'allà, a la presó del carrer Entença, a en Ramon li costava força dormir. Completament anul·lat com a persona i incomunicat del món exterior, el noi es dedicava a comptar, una vegada i una altra, els dies que feia que havia començat aquell malson.

Les pallisses i les tortures li havien deixat el braç

dret mig immobilitzat, i només les cures i els massatges del vell Marcel, aquell àngel de llum que havia aparegut enmig de tanta tenebra, li havien permès anar-se desfent del dolor que l'havia acompanyat des de feia tants dies.

—El cor ja no em fa tant de mal, Marcel.

—És bon senyal, fill. Al final dels nostres dies, quan fem el recompte del camí viscut, ens adonem que estem plens de cicatrius tant per dins com per fora.

—Però és que jo no he fet res per haver de suportar que m'hagin tancat aquí dins.

—Jo ja ho sé que tu ets diferent de tots els que estem aquí, Ramon. Però també tinc clar que deus haver fet alguna cosa grossa que ha ofès terriblement algun poderós.

—El meu gran pecat va ser enamorar-me de qui no calia.

—Doncs jo que em pensava que ja ho havia vist tot... Saps, les persones em segueixen sorprenent, tant per bé com per mal. Llavors, el teu delicte va ser estimar?

—Sí, jo estic aquí per amor. I tu, Marcel? Tu què has fet?

—El meu pecat va ser exercir d'artista i de lliurepensador. Tu has estimat massa i jo sempre he dit el que pensava. I això es veu que també és perillós. A la gent no li agrada que li diguin les veritats a la cara.

25

UN BON PARTIT

Cada vegada que en Joan Riera es posava una idea entre cella i cella no afluixava fins que aconseguia fer-la realitat. Sempre assolia els seus objectius. I quan va conèixer la família Camacho, de seguida va saber que entre els seus membres hi havia el candidat ideal per casar amb la Maria. En Pere era l'hereu d'una reputada nissaga barcelonina que durant generacions s'havia dedicat al món de l'oftalmologia. Amb clínica pròpia, els Camacho havien transmès de pares a fills uns valors amb els quals en Joan Riera combregava completament i, a més, la seva influència no només es limitava al camp de la medicina. En Pere Camacho, el jove en qui en Riera s'havia fixat, era un reconegut mecenes de joves artistes. Els ajudava a resoldre les qüestions bàsiques del dia a dia i, gràcies als contactes influents que tenia arreu del món, també els llançava als mercats internacionals.

La Maria mai no s'hauria pogut imaginar que la majoria de trucades que el seu pare es creuava amb en Pere tenien un únic objectiu: despertar l'interès del metge cap a ella.

Quan el senyor Riera va parlar-li per primera vegada d'en Pere Camacho, la Maria va tenir la sensació que el seu pare li estava venent un dels seus pisos. L'home va desplegar totes les arts seductores i, tot just després de la conversa, sense saber encara molt bé per què, la noia ja havia acceptat de trobar-se amb aquell desconegut el Diumenge de Rams al matí.

Tot i els mesos que havia passat sense tenir ni una sola notícia d'en Ramon, no se'l podia treure del cap. La tardor i l'hivern havien passat amb més pena que glòria, i l'arribada d'aquella tímida primavera tampoc no semblava augurar res millor. Ella havia pregat moltes vegades perquè amb l'esclat de les flors arribés l'oblit. De vegades ho aconseguia, però en Ramon continuava estant més present a la seva vida del que hauria desitjat.

El matí va llevar-se ras i clar, amb una temperatura que convidava a passejar, i, tal com havien acordat les dues famílies, l'encontre entre els dos joves va tenir lloc al Turó Parc. El pla era molt senzill: només calia presentar els joves, deixar-los una estona d'intimitat perquè poguessin coneixe's, trencar el gel i, finalment, resar perquè es despertés un cert interès de l'un per l'altre. Després, les dues famílies anirien a dinar a casa dels Camacho, un meravellós pis al carrer de Bori i Fontestà que els havia venut el mateix Riera.

La Maria tenia clar tot el que s'esperava d'ella. I, per contradictori que semblés, la idea de conèixer un home que l'ajudés a oblidar en Ramon li semblava, com a mínim, una cosa força digna de tenir en compte. Necessitava amb urgència deixar de sentir aquella tristor tan gran que li rosegava les entranyes i estava disposada a qualsevol cosa per tal d'aconseguir-ho.

Quan les dues famílies van trobar-se, la Maria va buscar amb la mirada en Pere, i no va equivocar-se gens. Era senzill descobrir qui era el seu pretendent, perquè tot just arribar, de seguida, va percebre la penetrant mirada del noi. I tal com estava previst, després de presentar-se i de fer quatre comentaris intranscendents sobre el temps i les vacances, les famílies van retirar-se discretament per deixar sols els dos joves.

—Quina vergonya, oi, Pere?

—Per què ho dius, Maria?

—Puc sentir els ulls tafaners de les nostres famílies clavades al clatell. Segur que a hores d'ara ja deuen estar fent les seves travesses... S'agraden o no s'agraden?

—I jo, que t'agrado?

—Sí, i tant que sí. I jo a tu?

—Sí, Maria, ets una dona molt bonica.

—Llavors haurem de donar-los la raó?

—Què vols dir?

—El que vull dir és que al final potser sí que ha estat una bona idea que ens presentessin, no creus?

—Potser sí... Això pot ser el començament d'alguna cosa important...

La Maria no va parar de mostrar el seu millor somriure durant tota la cita, tot i que estava convençuda que feia tot allò per una estranya venjança. Li havien trencat el cor una vegada i no estava disposada a tornar a passar per aquell mal tràngol mai més. Ho tenia clar. Volia oblidar-se d'en Ramon i, per aconseguir-ho, estava disposada a qualsevol cosa. Fins i tot a casar-se amb aquell jove tan diferent del seu gran amor, un home amb una mirada penetrant, carregat de misteris que a ella, en aquell moment de la seva vida, li venia de gust descobrir.

La primera vegada que la Gemma Calvet va entrar a la presó Model de Barcelona per visitar el seu fill, va sentir que, tot i les penoses circumstàncies, la vida tornava a somriure, i que tenia molts motius per sentir-se feliç.

Pocs dies abans d'aquella visita havia rebut la trucada d'en Ramon, en la qual, finalment, li havia confessat que estava pres. No era el moment adequat per donar cap més explicació. Tots dos tenien prou clar que calia aprofitar l'oportunitat de retrobar-se després de tants mesos de silenci i de mitges veritats.

Quan van ser cara a cara, a la Gemma li va costar reconèixer el seu fill petit. Més prim que mai, barbut i amb els cabells llargs i despentinats, va pensar que si s'hagués creuat amb ell pel carrer segurament l'hauria pres per un vagabund. L'abraçada no es va fer esperar i, després de quedar-se sense llàgrimes, van poder parlar durant uns minuts, prou per explicar-se les noves lleis que a partir d'aquell moment regirien les seves vides.

—He plorat molt per tots dos, fill meu. Em pensava que no us veuria més.

—Has fet bé de plorar-nos, mare, però ara, com a mínim, te'n queda un, de fill. Ara no és ni el moment ni el lloc per parlar, però és important que m'escoltis amb atenció. Si avui estàs aquí és perquè he fet un jurament. I el que està en joc és la meva pròpia vida. Ningú no pot saber res de mi, ho entens? Fins que aquest malson no s'acabi, no pots dir a ningú que estic aquí.

—Així ho faré, fill meu.

—Ho sé mare. I abans que marxis, una altra cosa...

—Ella també va plorar molt per tu, Ramon.

—També vaig haver-la d'enganyar, mare, i sé que no m'ho perdonarà mai. Vaig trencar-li el cor, i això sí que no m'ho perdonaré mai a mi mateix.

26

AIRES DE CANVI

Tot el país sabia que només era qüestió d'unes hores, però quan el 20 de novembre de 1975 el president Arias Navarro va aparèixer a la televisió per anunciar la mort de Franco, la gent no va saber com reaccionar.

A partir d'aquell dia, a casa dels Riera es van començar a respirar aires d'incertesa, de nervis i de por. Les bones cares dels darrers temps van deixar pas novament a un senyor Riera tirànic, malcarat i fàcilment irritable que, dia sí dia també, convocava reunions al menjador de casa fins a altes hores de la matinada amb destacats membres de la dreta espanyola barcelonina. Entre tots miraven d'endevinar quin seria el futur d'un país amb tantes ganes de llibertat i alhora de revenja.

Els darrers anys de la dictadura no havien suposat cap relaxament a l'hora de reprimir els sindicats, les associacions polítiques, les protestes estudiantils o les vagues, i tots els participants en aquelles reunions a l'àtic de la rambla de Catalunya tenien molta brutícia amagada sota d'una catifa imaginària que cap d'ells no s'atrevia a aixecar. De fet, feia temps que eren conscients que, quan Franco morís, el sector dur del Règim hauria perdut la partida. L'assassinat de Carrero Blanco i la incapacitat d'Arias Navarro per fer front a aquella nova situació van conduir fins al precipici mateix aquella manera antiga de fer les coses, ja que el país respirava aires de democràcia i renovació.

Els fets se succeïren de pressa. Quan el dictador va morir, per tal de substituir-lo de seguida, van nomenar cap d'estat Joan Carles de Borbó, el 22 de novembre de 1975, i la desitjada legalització de la majoria de partits polítics, prèvia a les eleccions generals del juny del 1977, va assegurar la composició d'unes Corts constituents que van voler ser un reflex de la pluralitat de la nova societat espanyola.

En Joan Riera era un veritable supervivent, i si durant tants anys havia estat capaç de dur posada la jaqueta del Règim, ara no tenia cap mena d'escrúpol a convertir-se en el demòcrata més fervent i fidel. I tan aviat com va ser-li possible, va fer-se militant d'UCD. Amb aquell gest quedava ben clara quina era la seva veritable ideologia: tractar d'assegurar-se sempre la millor poltrona, manés qui manés.

Coincidint amb la recent estrenada democràcia, va ferse públic l'anunci d'una de les bodes més esperades per la burgesia barcelonina: la Maria Riera havia donat el sí al reputat oftalmòleg Pere Camacho.

La boda, celebrada el mateix dia de l'aniversari de la noia, va ser digna de prínceps. L'església de la Concepció, situada a la cantonada del carrer Aragó amb Roger de Llúria, estava guarnida per a les grans ocasions, però tot i l'ambient de festa que s'hi vivia, la protagonista principal se sentia estranyament trista. Sense gaire convicció, la Maria es limitava a complir disciplinadament la voluntat del seu pare. Aquella manca d'alegria no va passar desapercebuda per a mossèn Vinyes, l'oficiant de l'acte, que tan aviat com va poder, va anar a buscar la núvia i se la va endur cap a la sagristia.

—Maria, avui és un dia molt important a la teva vida, i estic content que m'hagis triat a mi per celebrar la cerimònia.

—Mossèn Vinyes, ja sabeu que sou una persona molt estimada per la família. Sempre he tingut clar que només vós em podríeu casar.

—Doncs jo t'ho agraeixo filla, perquè aquesta és la gran festa de l'amor, oi?

—Sí, és clar. Aquest és un dels dies més feliços en la vida de qualsevol dona.

—Sí, això ja ho sé. Però i en el teu cas... també?

—És clar, que potser ho dubteu?

—Ara hauria de ser molt correcte i dir-te que no, que no en tinc cap dubte. Però saps una cosa?

—Digueu-me mossèn.

—Doncs que miro al fons dels teus ulls i l'única cosa que hi veig és tristor. Oi que no vaig desencaminat?

—Doncs ara sóc jo qui us hauria de dir que sí, que aneu errat. Però sabeu què?

—A veure, digue'm, Maria.

—Doncs que teniu raó. Avui hauria de ser el dia més feliç de tota la meva vida, però no l'és.

—Ja ho sospitava, filla. No t'estimes en Pere, veritat?

—Sí que l'estimo, d'alguna manera, però no com penso que l'hauria d'estimar.

—I tot i això, estàs disposada a formar una família al seu costat?

—Sí, estic disposada a fer-ho i ho faré.

—I puc saber per què?

—Doncs perquè si avui decideixo que no em caso amb en Pere Camacho, tota aquesta festa de colors, de sobte, es convertirà en un dol fosc. I també hi ha una altra cosa...

—I què és?

—Necessito oblidar en Ramon d'una vegada...

—Llavors no et cases per amor.

—Mossèn Vinyes, ja us he dit que em caso per molts motius. Però he de confessar que no estic bojament enamorada d'en Pere. En això sí que teniu tota la raó.

—T'ho preguntaré una altra vegada, i serà l'última: estàs convençuda de fer aquest pas?

—Estic convençuda, mossèn, m'ho he pensat i repensat força. I ara tornem a l'església amb tots els convidats que el nuvi es deu estar posant nerviós.

La cerimònia religiosa va ser emocionant, i encara

més lluït va ser el banquet de noces, en un dels salons principals de l'Hotel Ritz, al bell mig de la Gran Via barcelonina. El menú va estar a l'altura, ja que tant els amants del peix com els de la carn van acabar més que satisfets amb la processó de viandes de primera qualitat.

Els esposos van passar la nit a la suite principal del mateix hotel, i l'endemà, a primera hora, van anar fins al port per tal d'embarcar en un gran creuer de luxe, a bord del qual van fer una plàcida travessia d'una setmana pel Mediterrani.

En Ramon va tancar els ulls i, com un llampec, un malson angoixant va posseir els seus somnis. Ningú no li havia dit que la Maria es casava, però aquella mateixa nit va somiar que el seu amor sortia de la seva vida per no tornar-hi mai més. Els dimonis íntims li desfilaven pel cap com els fotogrames d'una pel·lícula de por. Primer, la mort d'en Lluís; després, les pallisses, les tortures i l'ingrés a la presó Model, acusat d'un crim que mai no havia comès; i, per acabar-ho d'adobar, aquella horrible sensació d'estar caient al ventre d'un pou sense fons. Va ser aquella vertiginosa sensació el que va provocar que es despertés bruscament.

I tot just en l'instant precís en què va obrir els ulls, en Ramon va sentir el seu cos xop de suor, i quan es va aixecar de la llitera es va sorprendre, en veure que el vell Marcel encara dormia. El noi ho va intuir de seguida, i tot just apropar-se a aquell cos endurit i rígid, no va tenir cap dubte que aquell àngel que li havia donat tantes forces per aguantar els turments havia anat a dormir per no despertar-se mai més.

Aquell mateix matí, mentre la Maria es posava el vestit de núvia, la tristor d'en Ramon va commoure el cor de pedra de més d'un assassí.

27

JA SÓC AQUÍ

El 2 d'octubre de 1977 el president Tarradellas va arribar a la plaça de Sant Jaume en un bany de multituds. Era un fet històric que marcaria un abans i un després a Catalunya, però aquell mateix dia també quedaria gravat amb foc en la memòria d'un jove que havia entrat a la presó quan encara era un noi i en sortia convertit en tot un home.

Quan en Ramon va trepitjar la vorera del carrer d'Entença, va sentir que perdia el món de vista. El cap li voltava i, lentament, va haver-se de recolzar en un arbre, va tancar els ulls i va respirar profundament, tractant de no caure a terra com un sac. De sobte, el seu petit món estàtic de parets grises s'havia convertit en un ample carrer ple de vida en moviment. El contrast era tan gran que, per un segon, va arribar a dubtar si calia tornar a entrar en aquell cau en el qual havia consumit bona part de la seva vida.

Havien estat set anys de calvari constant, i només una amnistia general havia posat fi a aquell malson.

Era el seu primer dia de llibertat i la desorientació

se'l menjava per dins. Era una sensació inquietant, la de viure en una ciutat que, com una bèstia ferotge, amenaçava d'empassar-se'l en qualsevol moment.

Amb molta inseguretat va penjar-se la bossa a l'esquena. Allà hi duia totes les seves pertinences, el seu petit univers. Aleshores, lentament, va començar a caminar per uns carrers que li costava de reconèixer.

Quan va arribar a la Gran Via de les Corts Catalanes, va asseure's en un banc, i amb un gest estrany dibuixat al rostre, va adonar-se que aquella ja no era la seva ciutat. No va ser capaç de calcular l'estona que va passar assegut en aquell tros de fusta corcada, però quan el sol va començar a enfosquir els carrers i una brisa molt fresca va fer seva la gran avinguda, en Ramon va decidir que havia arribat el moment de retrobar-se amb la seva mare, l'única persona amb qui compartia un passat.

Al mig de la voravia on tantes vegades havia jugat al llarg de la seva infantesa, va sentir que li mancava l'aire. Era com si hagués fet un salt en el temps i pogués sentir les rialles del seu germà Lluís de petits. Però la realitat va tornar a imposar-se amb tota la seva contundència, i, sobreposant-se, va enfilar cap a casa de la seva mare. En aquells moments l'única cosa que desitjava era abraçar la dona que li havia donat la vida i adormir-se entre els seus braços.

La Gemma va intuir alguna cosa, i quan va sentir que trucaven a la porta, sense entretenir-se a passar per la cuina a deixar el plat que duia a la mà, de seguida va anar a obrir. Quan el timbre va tornar a sonar el seu rostre es va il·luminar amb un somriure ample. Només el seu fill Ramon trucava d'aquella manera.

Però aquell plat, finalment, va acabar fet miques quan va caure a terra. En un silenci absolut, en Ramon i la Gemma van abraçar-se sentidament fins que ella el va fer entrar a casa mentre li acaronava la cara.

—Fill...

—Estimada mare...

—No saps quantes vegades he somiat aquest moment, Ramon, i ara, per fi, ja ets aquí, davant meu.

—Tot ha quedat enrere, ja ha passat, mare.

—Com estàs?

—Estic molt cansat, exhaust. I em sento força estrany. Saps, tot just en el moment que he tornat a trepitjar el carrer, he notat que em marejava tant que he hagut d'aturar-me per recuperar l'alè. Mare, m'he sentit com una mena de viatger d'un altre temps descobrint un món nou, un univers que m'era completament aliè. He vingut passejant fins aquí, a prop teu, i només quan he entrat al nostre carrer m'he sentit realment com si fos a casa.

—Ho trobo ben normal tot això que em dius, fill meu. Has estat molts anys tancat allà dins i, ens agradi o no, Barcelona ha canviat molt, en tots els sentits. Amb la democràcia ara sembla que els nostres governants vulguin fer desaparèixer qualsevol vestigi de tot el que va fer i desfer el dictador. Però la gent no oblida tan fàcilment, i estic segura que ens costarà digerir tot el patiment que hem viscut durant tants anys. El dolor no s'esvaeix així com així.

—I tu, mare? Com estàs?

—Jo estic bé, fill. Només una mica més vella. Però ara fes-me cas, dutxa't i afaita't aquesta barba tan lletja que duus. Ara ja ha passat tot, i no cal que t'amaguis mai més de res ni de ningú.

—Tens raó, mare. Ara necessito treure'm aquesta olor de patiment que porto incrustada al damunt.

—Tens gana?

—Sí, molta.

—Doncs va, vés a dutxar-te que jo et vaig preparant el sopar. Et ve de gust alguna cosa en concret?

—Em faries molt feliç si em cuinessis unes patates fregides i un parell d'ous ferrats.

—Això està fet, fill. Ara vés al bany i relaxa't... T'ho has ben guanyat!

Quan en Ramon va entrar a la que temps enrere havia estat la seva habitació de nen, va quedar paralitzat. Tot estava de la mateixa manera com ho havia deixat l'últim cop que hi va dormir, i l'emoció va colpejar-li el cor. I mentre regirava objectes, revistes i papers, se li anaven fent cada cop més presents uns records que durant anys va pensar que no eren seus.

Amb l'ànim ja una mica més serè, va entrar al bany, va obrir l'aixeta de l'aigua calenta i va preparar la tovallola. Quan la temperatura va ser l'adequada, va posar-se sota d'aquella pluja tèbia, va tancar els ulls i va deixar-se endur per unes sensacions que el van fer somiar despert. El sabó era el de sempre, li encantava aquella aroma d'espígol, i entre el vapor i la reconfortant sensació de tornar a ser a casa, de sobte va sentir-se com un nen i va arrencar a plorar desconsoladament, mentre li venien al cap imatges disperses d'instants intensos compartits amb el seu germà i amb la Maria.

Va ser la mare qui va tornar-lo a la realitat més concreta, picant a la porta i dient-li que el sopar ja era a taula. De seguida va sortir de la dutxa i va plantar-se davant d'aquell mirall, per tornar-se a pentinar com tantes vegades ho havia fet. Clavava la mirada al fons dels seus propis ulls negres i no acabava de reconèixer aquell rostre d'home endurit i sever. Després d'afaitar-se la barba amb precisió i de rebaixar les patilles amb unes tisores, va retrobar-se amb l'esguard d'aquell noi fràgil que, anys enrere, havien arrencat a la força de l'escalfor del seu llit.

Amb la roba neta, ben pentinat i polit, va asseure's a taula i va fer un petó sonor i ple de tendresa a la mare.

El sopar va ser més divertit del que en Ramon s'hauria pogut esperar, i la Gemma, conscient de tot el que havia passat el seu fill, en cap moment va fer referència a la presó. Però un pensament la consumia per dins i no va poder estar-se de parlar d'en Lluís, el seu fill gran.

—Ramon, en tots aquests anys mai no t'he volgut

preguntar res. Però ara em sembla que ja ha arribat el moment que en parlem. No vull que ens fem mala sang, ni tu ni jo, però necessito que m'expliquis què va passar exactament amb en Lluís.

—De veritat ho vols saber, mare? Tens forces per tornar a reviure aquell malson?

—Necessito tancar aquesta ferida, fill. De veritat que ho necessito...

—En Lluís va ser assassinat a la comissaria de Via Laietana pels mateixos policies que ens van detenir, encapçalats pel comissari José Francisco García en persona.

—I per què el van matar?

—Es van excedir, mare. Se'ls en va anar la mà. No sé si t'adones del que t'estic dient? Aquells sàdics fills de puta gaudien tant amb les pallisses que van acabar traspassant la línia que separa la vida de la mort. Nosaltres també hem estat víctimes dels botxins de la dictadura, mare, i en Lluís s'ha convertit en un màrtir.

—I tu, fill? Per què has estat engarjolat tots aquests anys?

—El meu pecat va ser enamorar-me de la persona que menys em convenia.

—Què vols dir?

—Que amb mi també van traspassar la frontera que hi ha entre la vida i la mort. Però no van arribar a matar-me. Em van deixar viure mentre em consumia en una cel·la fosca i humida. Només he estat tancat per un motiu, per haver estimat la Maria, mare.

—I ara què penses fer amb la teva vida?

—Doncs la veritat és que ho tinc força clar. Fa uns quants anys vaig veure'm obligat a mentir-te. Et vaig dir que havia marxat fora d'Espanya i que no tenia cap intenció de tornar. Ara no seré tan radical, però necessito marxar una temporada del meu país. Necessito oxigenar-me i agafar forces.

—I ja has pensat on caram aniràs?

—Sí, mare, aniré a París, la Ciutat de la Llum... I espero i desitjo que també s'acabi convertint per a mi en la ciutat de la vida.

28

LA CIUTAT DE LA LLUM

La decisió de marxar per començar una nova vida a París no havia estat fruit de l'atzar. De fet, quan explicava els seus plans a la mare, en Ramon tenia clar que el vell Marcel, sense adonar-se'n, cada vegada que li parlava de la Ciutat de la Llum li transmetia el desig de viure aquelles experiències en la seva pròpia pell.

En Ramon no renunciaria mai a seguir mantenint contactes estrets amb la ciutat que l'havia vist néixer, però la seva ànima necessitava volar ben lluny i alt, i sentir com ressonava dins seu el veritable significat de la paraula *llibertat*.

En baixar del tren a l'estació de la Gare d'Austerlitz, es va dirigir al barri de Montmartre, on havia llogat una habitació. A mesura que anava pujant pels carrers costeruts que s'enfilaven fins al cim d'aquell turó coronat per la basílica del Sagrat Cor, s'anava sentint com un d'aquells artistes d'esperit bohemi que s'alimenten essencialment amb les aromes, els colors i les vistes que apareixen davant dels seus ulls, a cada instant, sensacions plaents i inspiradores d'aquell espectacle en moviment constant que és París, una immensa i preciosa capsa de sorpreses sens fi.

Mentre buscava l'adreça exacta de la que hauria de ser la seva nova llar, pensava que, probablement, per aquells mateixos carrerons i placetes hi havien passat grans mestres com Matisse, Van Gogh o Picasso. Segur que ells també van decidir instal·lar-se en aquell mateix indret amb la intenció de trobar-hi la inspiració que necessitaven. I fins i tot, alguns d'ells, devia acabar aconseguint crear-hi les seves millors obres. En Ramon, com tots, també buscava la seva gran obra, l'obra de la seva vida, i en un gest carregat d'autenticitat, es va acostar fins a la basílica. I des d'allà dalt, amb la majestuosa ciutat als seus peus, va sentir que la seva ànima era realment lliure.

Amb els ulls plorosos d'emoció va tenir la sensació d'estar fent el que calia, i amb l'esperit renovat va acostar-se fins a la Place du Tertre, darrere mateix de l'església, on va caure rendit a l'encant d'un lloc que veritablement desprenia tota la força de la bellesa. Aquí i allà, un estol gairebé infinit de turistes omplia les terrasses, i els grups d'artistes oferien obres d'art i artesania. Les botigues, els bars i la gent van fer-lo sentir com a casa, i de seguida va tenir clar que havia de quedar-s'hi a viure una temporada, deixant-se guiar pel seu instint i per la força del destí.

L'habitació que van assignar-li era lluminosa i alegre. Pintada amb tons clars, estava decorada amb els mobles més bàsics. Però, tot i l'austeritat, de seguida va fer-se seu l'espai. A més, la cambra tenia un balcó amb vistes a un petit parc on els ocells, cada matí, el despertaven suaument, teixint tímides i delicades melodies.

Descobrir la ciutat de París va convertir-se en tota una experiència i, com un parisenc més, va freqüentar llocs tan emblemàtics com el cafè Les Deux Magots, teatres com l'Odéon, i també es deixaria caure per llibreries com la Shakespeare & Co, al costat esquerre del Sena, allà, tot just davant la majestuosa catedral de Notre-Dame.

—Mare?

—Ramon, ets tu?

—És clar que sóc jo, mare. Com estàs?

—Estic molt bé, fill. Però i tu? Estàs content?

—Sí, la veritat és que això m'està agradant molt més del que em pensava. Visc al barri de Montmartre, envoltat d'artistes. I també de turistes, és clar...

—I ja saps què faràs?

—He pensat quedar-me aquí una temporada, mare. Tu no has de patir, perquè jo estic fent realment el que vull, i això és el més important. Aquí m'hi trobo a gust, i ara mateix em costa imaginar-me a mi mateix vivint en cap altre lloc.

—I ja coneixes algú o estàs sol?

—Aquí hi ha molts catalans i ens ajudem una mica entre tots. Som com una mena de gran família.

—I hi ha cap noia que et faci el pes? Ja saps què vull dir, que t'agradi?

—Cap noia, dius?

—Sí, és que a mi també m'agrada imaginar-me coses d'aquestes, saps? I he de reconèixer que de vegades t'imagino festejant amb una franceseta ben bufona.

—Doncs sento decebre't, però ara mateix a la meva vida no hi ha lloc per a aquestes coses. Necessito posar en ordre molts temes abans de pensar en tot això.

—T'entenc, Ramon. Però vés amb compte, no sigui que se't passi l'arròs...

—Fas broma, oi mare?

—És clar, fill. Ja ho sé que les coses del cor segueixen un ritme propi que té molt poc a veure amb les estacions de l'any. Podem sentir que tenim el cor glaçat en ple mes de juliol.

—Doncs si ja ho saps, puc saber per què sempre insisteixes en aquest tema?

—No vull que pateixis. Això és tot.

—Ja no pateixo, mare. Però tampoc no puc oblidar...

—I ella? T'ha contestat alguna de les cartes que li has enviat, setmana rere setmana?

—No, mare, no, encara no.

—Ramon, fill, doncs potser l'hauries de començar a oblidar, no trobes?

—Sí, mare, però tu mateixa m'ho has deixat clar: les coses del cor segueixen un ritme propi...

Aquell matí tocava fer dissabte a l'àtic de la rambla de Catalunya, i la Júlia ja feia dies que volia posar una mica d'ordre en aquella habitació dels mals endreços. El vell armari que havia heretat dels seus pares presidia la petita habitació i, per primera vegada en molt de temps, va decidir obrir-lo per tal de netejar-lo a consciència, calaix per calaix.

Els antics tresors de la família s'havien anat acumulant al llarg dels anys, però entre la sorpresa i un punt de decepció, la Júlia va descobrir que no li costaria gens ni mica desfer-se de tants records.

Quan la Júlia va trobar aquell farcell de cartes se les va mirar encuriosida, i en començar a llegir el contingut, no va poder evitar córrer cap al menjador i llançar-les al damunt del seu marit, que en aquell moment estava assegut davant la pantalla del televisor.

—Que potser t'has begut l'enteniment, Júlia? Puc saber què fas?

—Això m'ho hauries de dir tu! Puc saber què és tot això?

—Són unes cartes, que no ho veus?

—Sí, és clar que ho veig. Però em pots explicar què fan unes cartes dirigides a la nostra filla amagades al vell armari?

—Doncs tu ho has dit. Estan amagades.

—Mira, Joan, no em vinguis amb misteris. Em pots dir què és tot això?

—Mira, Júlia, no és res important. Vols fer el favor de desar-les al mateix lloc on les has trobat?

—No, no ho faré fins que m'expliquis què vol dir tot aquest munt de cartes.

—T'ho dic de veritat, no tenen cap importància.

—Però per l'amor de Déu, són cartes que en Ramon va escriure a la Maria. Explica'm ara mateix per què les tenies tan ben amagades!

—Són cartes que no han existit mai, que no haurien d'haver existit mai, Júlia. Tu ja m'entens, oi? No vulguis remenar el passat.

—Què vols dir que són cartes que no han existit? No deus voler dir que la Maria no va arribar a llegir-les mai!

—Doncs ja t'ho dic. No, no les ha llegit mai. I ara mateix fes el favor de desar-les al mateix lloc on estaven. Oblida el que has vist, Júlia, i oblida't d'en Ramon d'una vegada. Ja ningú no el recorda...

La Júlia va esperar que el seu marit s'adormís, i aquella mateixa nit es va aixecar del llit amb un únic objectiu. Després de recuperar les cartes, va tancar-se al bany i no va sortir-ne fins haver-les llegit totes. Amb les llàgrimes als ulls, va tornar-les a desar i va caure en un son neguitós. L'endemà encara podia recordar el somni que li havia fet companyia durant bona part de la nit. I el que tenia clar era que a ella li hauria agradat viure una història d'amor com la que la seva filla havia viscut amb aquell noi d'aspecte tranquil. I quan va saber que cada cop que arribava una carta d'en Ramon era automàticament interceptada pel seu marit, va sentir que se li regiraven les entranyes.

«Si la Maria arribés a descobrir tot això, no sé pas què succeiria!». I, tal com li havia aconsellat el seu marit, la Júlia va decidir girar full i no tornar a pensar en tot el que podria haver estat i mai no va ser...

29

PICASSO A LES DEUX MAGOTS

Diuen que el temps ho cura tot. Per això, quan en Ramon va tornar a sentir-se el protagonista absolut de la seva pròpia vida, va sortir al carrer amb el pas ferm i segur, fent-se la promesa de recuperar els anys perduts. I va voler fer-ho amb plena consciència i de manera ben valenta, convençut que el seu present i especialment el seu futur més immediat passaven per la màgica ciutat del Sena. I n'estava tan convençut que, després de fer les proves necessàries a la prestigiosa Universitat de la Sorbona, va aconseguir convalidar la majoria de les assignatures que ja havia estudiat i va decidir continuar la carrera que tant de temps abans s'havia vist obligat a abandonar.

Però el destí va tornar a sorprendre'l sota la forma d'una proposta de feina que no va poder rebutjar. En aquell mateix cafè que tantes bones estones li havia regalat com a client, Les Deux Magots, hi havia una vacant de feina. Calia incorporar immediatament un cambrer. Primer, en Ramon va dubtar, però els responsables del local van acabar de convence'l. Per una banda ho tenia tot per aprendre, pel que feia al ram de l'hostaleria, però era cert que a força d'anar-hi tan sovint, coneixia la clientela i els secrets d'aquell local com ningú.

La seva vida parisenca anava passant, amb més o menys placidesa, entre llibres, cafès, croissants i bones converses. Però en Ramon continuava covant dins seu aquella tristor que ja amenaçava de fer-se crònica. La seva mirada melangiosa no passava desapercebuda a ningú, però encara molt menys a aquell gran artista que un matí es va prendre un cafè en aquell local de Saint-Germain-des-Prés.

—*Tú eres español, ¿verdad?*

—*Sí, don Pablo, soy de Barcelona.*

—*Ah, ya veo. ¿Y vives aquí, en París?*

—*Sí, ahora mi casa está aquí, en esta maravillosa ciudad.*

—*Yo he visto crecer estas calles. Hace muchos años que vine por primera vez a este mismo café. Y lo cierto es que aquí he pasado momentos inolvidables.*

—*Lo sé. De hecho, todos los que trabajamos aquí explicamos la anécdota de cuando conoció a la fotógrafa Dora Maar, en esta misma terraza.*

—*Una mujer maravillosa, sin duda. Cuando ella llegó, todo el mundo tuvo que volverse a mirarla. Bella, radiante, con una personalidad arrebatadora.*

—*¿Es verdad lo que dicen?*

—*¿A qué te refieres?*

—*A que si es cierto que se enamoró de ella porque le aguantó la mirada.*

—Era descarada y fresca como una delicada flor de primavera. Pero sí, en parte me gustó por eso. Lo que no es tan cierto es que me enamorara de ella. Yo, en esa época, ya estaba casado, y además tenía varias amantes. Reconozco que no todo el mundo entiende la relación que yo he tenido a lo largo de mi vida con las mujeres. Pero dime, y tú, ¿estás casado?

—No, estoy soltero.

—Pero tendrás amantes, ¿no?

—Yo soy más antiguo, más romántico. Supongo que todavía creo en esas historia de Romeos y Julietas, don Pablo.

—¿Y tu Julieta?

—Está en España. De hecho, hace años que no sé nada de ella.

—Hijo, me parece que tienes un problema, pero no te preocupes demasiado porque lo tuyo es una enfermedad muy común.

—¿Estoy enfermo, dice?

—Sí, pero no es nada grave. Nada que no pueda curarse. Sabes, hijo, al final, en la vida, cada uno decide qué va a hacer con su tiempo.

—¿Y qué me pasa a mí, doctor?

—Que tienes un concepto muy equivocado acerca del amor. Un hombre verdadero debe relacionarse de otra manera con las mujeres. Los hombres, en el fondo, no somos más que lobos solitarios. Y tu también lo eres... Lo que pasa es que todavía no lo sabes.

—¿Qué quiere decir?

—Que reconozco en tus ojos a ese lobo solitario que go-

bierna tu alma, pero también observo que, de momento, no te atreves a que salga por miedo. El amor es el veneno más peligroso que existe. Y cuando te das realmente cuenta de ello, ya no puedes hacer nada: paraliza, anula y acaba matando. A ver, dime: ¿tú eres feliz?

—No del todo, siento que me falta algo.

—¿Lo ves?, te equivocas, chico. A ti no te falta absolutamente nada de nada. Lo que te ocurre es que te sobran un montón de ideas preconcebidas sobre tu relación con las mujeres.

—¿Como cuáles?

—Sí, hombre, sí. Todas esas ideas que tienes sobre el amor romántico... Le otorgas demasiado poder a la mujer. ¿Cuánto hace que no estás con una de ellas?

—Mucho, hace mucho tiempo. Demasiado, quizás.

—Pero, a ver, ¿no te has acostado nunca con una prostituta?

—No, nunca.

—¿Y por qué no?

—Pues la verdad es que nunca me lo he planteado.

—Deberías saber que las prostitutas son las grandes amigas de los hombres. Y te aseguro que sé perfectamente de lo que estoy hablando. Tan solo hace falta que repases un poco la historia, desde la relación entre María Magdalena y Jesús hasta nuestros días. Siempre fue lo mismo.

—Ella me rompió el corazón, don Pablo. Por eso estoy así.

—¿Y puedo saber por qué dejaste que te rompieran por dentro? La culpa es tuya, solo tuya. A las mujeres hay que amarlas con distancia.

—No sé como se hace eso...

—Eso también se aprende, Ramón, como se acaba aprendiendo todo en la vida. Pero si me lo permites, te daré un consejo: deja de lamentarte de lo que has dejado atrás y concéntrate en lo que tienes ahora. Solo tenemos el presente, el resto no existe. Sé tú quien pintes el cuadro de tu vida y olvídate del resto. ¿Lo harás?

—Lo intentaré, maestro.

—No lo intentes, consíguelo. ¿Sabes qué hago cuando me dicen que soy demasiado viejo para hacer algo?

—No, don Pablo.

—Pues corro a hacerlo. ¿Me explico?

—Se explica muy bien. ¿Y sabe una cosa?

—Dime, Ramón.

—Que mucha gente mataría por tener esta conversación con usted acerca del amor.

—Me da igual, ¿sabes? Ahora mismo lo que importa es que no seas tú quien decida morirse en vida. Vive tu vida, hijo, y por encima de todo no renuncies nunca a ser tú mismo. Jamás. Pero con las mujeres, algo de distancia, bastantes risas y mucha pasión.

Aquella mateixa nit, quan en Ramon tornava a la seva habitació de Montmartre, sentia que el cap li bullia. Al llarg de la seva vida havia après que les casualitats no existeixen, i un cop i un altre, recordava la conversa que havia mantingut amb el genial artista de Màlaga. I, com més hi pensava, més convençut estava que, tot i la cruesa del seu missatge, les paraules de Picasso estaven carregades de raó i saviesa. Havia estat massa temps de dol i segurament ja havia arribat el moment de deixar de vestir la seva ànima amb tons foscos, per tal de recuperar la paleta de colors i anar escampant-ne ara aquí, ara allà.

Alguna cosa important li estava canviant a dins. I quan va ser conscient que caminava amb un somriure generós dibuixat al rostre, va aprofitar aquell instant de felicitat, va pujar fins a la basílica del Sagrat Cor i des d'allà dalt, amb tota la ciutat ajaguda davant seu, va cridar com un foll, exorcitzant els vells fantasmes que havia arrossegat al llarg de tants anys. I mentre xisclava i plorava de ràbia, podia sentir com el pes de la mort del seu germà, les tortures, la presó i fins i tot l'absència de la Maria, anaven sortint del seu interior per perdre's en la immensitat de la nit, sota aquell cel carregat d'estels immortals.

30

SENSE COR

En Ramon havia decidit fermament que deixaria de creure en aquell ideal d'amor romàntic pel qual havia apostat tota la seva vida. Al llarg d'aquells anys, la Maria no havia respost cap de les seves cartes ni havia donat cap mena de senyal. Per tot plegat, començava a tenir la sensació que es trobava sol, més sol que mai.

Quan els seus companys de la colla van proposar-li celebrar, d'una manera molt especial, allò que ells anomenaven «el despertar», en Ramon no s'ho va pensar gaire.

—Accepto la vostra proposta. Però què voleu que fem?

—Cultura, gastronomia i oci...

—Perdona?

—Sí, home, sí, anirem a veure un espectacle al Moulin Rouge, soparem en un *bistrot* de Montmatre i al final acabarem la nit anant-nos-en de putes al barri de Pigalle.

El Moulin Rouge havia nascut en una època plena de creativitat i de joia de viure. La seva enorme pista de ball, la multiplicitat de miralls escampats arreu i les belles coristes, tot plegat, contagiava l'ambient d'una atmosfera revitalitzant, molt propera a l'eufòria. Des de la seva inauguració l'any 1889, el cabaret s'havia convertit en tot un referent d'èxit, i de seguida va ser el lloc de trobada dels més rics i poderosos, però també de la gent de la classe treballadora. Els uns i els altres es barrejaven per gaudir del cancan, un ritme nou i seductor que embogia tothom. Explica la llegenda que el gran pintor Toulouse-Lautrec havia arribat a convertir-se en un visitant freqüent d'aquelles festes que es perllongaven fins a la matinada.

L'essència del local s'havia mantingut intacta al llarg dels anys, i aquella nit que van anar-hi en Ramon i els seus amics també va ser una vetllada plena de sensualitat i plaer.

L'ambient, a poc a poc, es va anar escalfant, i després de moltes rialles, d'uns quants copets còmplices a l'espatlla i del desig que creixia i es manifestava cada vegada més a flor de pell, els amics del noi van decidir seguir amb la seva ruta i van anar a menjar a un petit *bistrot* de Montmartre. La decoració de la tasca no tenia res d'especial, sinó que la seva singularitat es fonamentava en la magnífica carta de formatges i de vins. Formatges francesos variats, patés amb pa torrat, i unes cassoletes amb les seves especialitats, l'ànec i l'estofat de bou. Per regar-ho tot com calia, un bon vi, un dels millors reserves del mercat. I encara, per acabar-ho d'adobar, un assortit de postres delicioses que van compartir entre tots, unes quantes tasses de cafè ben fumejants i unes generoses copes de conyac perquè tot anés cap avall.

D'alguna manera era com si l'inconscient els fes anar ben de pressa per no endarrerir més allò que, de fet, prometia ser el veritable plat fort de la nit. I quan van pagar el compte del restaurant, cap dels tres no va dubtar ni un segon a agafar un taxi que els portés en direcció precisa fins a Pigalle.

—Estàs bé, Ramon?

—Sí, noi, m'ho estic passant francament molt bé.

—És que, no ho sé... Des del moment que hem pujat al taxi, sembla que se t'hagi menjat la llengua el gat.

—No em passa res. Tan sols estava mirant a través de la finestreta com passa la vida i pensava que aquesta ciutat encara m'agrada més de nit que de dia. I tu, penses el mateix?

—Sí, Ramon, jo també ho veig així. Les nits de París són un veritable regal per als sentits.

—Saps què proposo, doncs?

—Tu diràs.

—Crec que hauríem de canviar-ne el nom. Quan diem que París és la Ciutat de la Llum, no li estem fem justícia. Més aviat és la ciutat de la vida, oi?

—Sí, Ramon, tens raó. París, la ciutat de la vida... I de l'amor?

—Amor? Qui parla d'amor? Res de sentiments. Res

de compromisos. Només sexe, amic. Sexe i plaer. París també és la ciutat de les llums de color vermell.

Aquell *meublé* es trobava al cor del París més bohemi, en un carreró que naixia a la plaça que donava nom a aquell barri, situat al nord de la ciutat de la vida. La senyora Pascal, la propietària del bordell, va obrir-los la immensa porta daurada lluint el seu gran somriure, com si els nois fossin vells amics amb els quals es retrobava després d'un cert temps d'absència.

—Sigueu molt benvinguts a Chez Pascal, estimats. Això és casa vostra!

—Moltes gràcies, senyora Pascal. Avui li portem un amic molt estimat que necessita una de les seves gatetes més melindroses.

—I és clar que sí. Però tu ja saps que totes les meves noies són molt dolces, oi?

—Senyora Pascal, això ja ho sé, no s'ofengui, per favor. Però busquem una noia que sigui una veritable princesa, busquem algú digne d'un rei.

—Veniu al saló i decidiu vosaltres mateixos. Aquí, a Chez Pascal, només tenim princeses...

En Ramon va ser el darrer a triar, i només quan els seus amics van marxar a les seves respectives habitacions, va deixar de banda la vergonya i va demanar que tornessin a desfilar davant seu aquelles veritables deesses dignes del rei més exigent. Tot i la seva evident bellesa, a en Ramon li va costar de trobar una dona que li semblés especial. Sabia que aquell era un dia molt important a la seva vida, no tant pel que anava a fer, sinó pel significat més profund d'aquell acte de rebel·lia contra els seus principis.

La Camille era menuda i dolça. La seva mitja cabellera rossa semblava feta de tiges de blat, i els seus ulls blaus competien amb el color del cel d'un dia serè de primavera. Quan la noia va agafar-li la mà per dur-lo fins a la cambra, en Ramon va sentir com se li accelerava el cor, i, a mesura que avançaven a través d'aquell passadís, els nervis es van anar transformant en un desig encès.

L'habitació era espaiosa i estava perfumada amb essències naturals. Va passar per la dutxa i, tot seguit, va sortir de la cambra de bany amb la tovallola a l'altura de la cintura. I la Camille ja l'esperava estirada damunt d'un llit immens, cobert amb llençols de seda negres.

—Estàs bé? Sembles una mica nerviós —va dir-li la noia mentre li acariciava molt lentament el pit.

—Sí, estic nerviós. Se'm nota molt?

—Doncs la veritat és que sí. Els homes que em vénen a veure no són tan amables com tu. Vénen a posseir-me, aquest és el seu únic objectiu, i ho volen fer de seguida. En canvi, tu ets diferent. Puc preguntar-te una cosa?

—Sí, què vols saber?

—Ets verge?

—No, no ho sóc, però per motius que ara no vénen al cas, fa molt de temps que no estic amb una dona.

—Només parlen així els homes que han patit molt...

—Sí, és probable que tinguis raó. Però avui per a mi és el primer dia d'una nova vida.

—Ho dius de veritat? I què faràs amb aquesta nova vida?

—És molt senzill, Camille. A partir d'avui he decidit que ni tindré sentiments, ni tampoc cap mena de compromís amb les dones. Només sexe i plaer, sense amor.

—Jo no t'ho aconsello, això, Ramon.

—Per què ho dius?

—Jo vaig fer-me prostituta el dia que vaig decidir viure sense sentiments. I vaig prendre aquella decisió tot just després que l'amor de la meva vida em trenqués ferotgement el cor.

—Tu també?

—Sí, jo també. I et prometo que no passa ni un sol dia que no em pregunti on vaig amagar el meu pobre cor, el meu cor estimat.

—I no el trobes?

—No, perquè vaig enterrar-lo en algun racó fosc de mi mateixa i ja no aconsegueixo saber on és.

—I què faries si, de sobte, el tornessis a trobar?

—Doncs m'enamoraria a l'instant d'un home com tu... I llavors la vida tornaria a començar.

Ni en Ramon ni la Camille haurien pogut imaginar-se mai que, en una nit com aquella, podrien acabar trobant-se en un prostíbul del barri de Pigalle dues ànimes bessones i solitàries com les seves.

Però tampoc no podien haver ni somiat que quan els seus cossos van esclatar de passió gràcies a la festa dels sentits, una música deliciosa i ensordidora va envair-ho tot, a través de la pell, de la saliva i de les carícies, completant magistralment l'apoteosi final d'una simfonia perfecta.

31

SOTA LA TORRE EIFFEL

En aquella nova vida d'en Ramon ja no hi havia lloc per als records dolorosos. Cada dia que passava se sentia més fort i segur amb la decisió ferma que havia pres per tal de no tornar a caure al pou fosc de la desesperança.

Però sovint el destí posa a prova la fortalesa de les decisions dels homes, i aquell matí de diumenge de setembre del 1979, els astres van confabular-se per tal que es produís un encontre inesperat. Sota la magnífica estructura metàl·lica de la Torre Eiffel que s'enlairava fins al firmament, dues persones van quedar-se glaçades, l'una davant de l'altra, sense poder reaccionar. Els anys havien estat generosos amb tots dos, però, tot i així, era evident que als seus rostres començava a quedar ben poca cosa d'aquella joventut pletòrica que, en un altre temps, havien posseït amb avidesa.

La Sabine va ser la primera a parlar, i tot just quan va estar completament segura que no es tractava de cap aparició màgica, es va acostar a ell.

—Ramon, per l'amor de Déu. Ets realment tu?

—Sabine?

—Sí, sóc la Sabine. Em recordes?

—És clar que et recordo. Han passat molts anys, però de seguida he reconegut els teus ulls riallers. I les pigues, és clar.

—Tu també estàs igual.

—I aquests nens tan macos?

—Doncs mira, són els meus fills. La nena es diu Sabine, com jo, i el nen és en Pierre, com el seu pare.

—Són preciosos, Sabine. Veig que, al final, vas decidir casar-te amb el teu noi de sempre, oi?

—Sí, i mai no ens hem separat. Sóc una dona afortunada, Ramon. Estic amb l'home de la meva vida.

—Me n'alegro molt per tu, de veritat.

—I tu? De turisme per París?

—No, Sabine, no, fa anys que visc aquí.

—Ah, sí? I què hi fas?

—Sóc advocat i tinc un petit despatx a Montmartre.

—A Montmartre? Ja veig que no has perdut gens ni mica el teu esperit romàntic de sempre. M'ha agradat molt tornar-te a veure, Ramon. Però ara he de marxar, perquè els avis dels nens ens esperen per anar a comprar al centre.

—A mi també m'ha agradat retrobar-te, Sabine. I a vosaltres també, nens. Sou molt espavilats.

—Cuida't, Ramon.

—Sabine, perdona'm, però vull preguntar-te una cosa.

—Digues.

—Sabine, encara segueixes en contacte amb la Maria?

—És clar que sí. És la meva amiga de l'ànima. Això no ha canviat gens, ni canviarà.

—Me n'alegro. I com està la Maria?

—Està bé, Ramon, molt bé.

—I què fa?

—Doncs, és pintora. És una dona feliçment casada i també una futura mare de bessons...

En Ramon de seguida va sentir que les cames li tremolaven i, tan aviat com va acomiadar-se, va retreure's una i mil vegades la mala idea que havia tingut de preguntar. No tenia cap sentit tornar a obrir una ferida que, malauradament, encara li cremava per dins.

El desencís va devorar fins al darrer bri d'alegria de l'ànima d'en Ramon i, com menys s'ho esperava, va caure en l'apatia més absoluta. La depressió començava a trucar a la seva porta. Tot depenia d'ell mateix: calia triar entre la llum o la foscor. Però ja se sap que, de vegades, allò que resulta més senzill de fer acaba convertint-se en una èpica només a l'abast d'uns quants herois de l'Olimp, i en Ramon no es va veure capaç.

Per fi va haver d'acceptar que la Maria havia refet la seva vida i que aquella notícia l'havia enfonsat del tot. Al fons del seu cor havia tractat de mantenir encesa la flama de l'esperança, però, de sobte, un cop de vent glaçat, com una fúria que presagia temps pitjors, s'encarregava d'emmudir tota il·lusió, qualsevol escletxa d'esperança.

I era precisament en moments com aquell, quan més trobava a faltar el vell Marcel, el seu company de cel·la a la presó Model de Barcelona. Aquell home tenia la capacitat de trobar sempre la paraula justa, com la brúixola que assenyala el nord, i les indicacions precises que ajudaven en Ramon en els moments més complicats. I ara, quan l'advocat estava temptat de jugar a daus amb la seva pròpia vida, hauria agraït un copet a l'esquena del seu confident, encara que només fos per tractar d'animar-lo.

L'arribada inclement de l'hivern tampoc no va ajudar-lo gaire. El fred, la neu i aquella boira persistent que ho ennuvolava tot campaven, mentre que el riu Sena semblava estar a punt de quedar-se glaçat. Per això va ser tan important la visita de la Gemma. Només això, definitivament, va aconseguir salvar-lo de no caure en un vertiginós precipici.

El temps va donar-los una mica de treva durant els primers dies del nou any, cosa que va permetre a en Ramon foragitar els seus fantasmes més íntims i turmentosos. Era extraordinari que pogués prendre un cafè en una terrassa, quan tan sols pocs dies abans gairebé no es podia ni sortir de casa. Però com que tot forma part d'un mateix cicle, el fred va tornar a cobrir amb una fina capa de gel i de neu la ciutat i a emboirar el cap del noi.

La ràbia va aparèixer a la vida de l'advocat amb una virulència impossible de contenir, i, en un tres i no res, va decidir abandonar-se de manera indolent a una quotidianitat feta de foscors i de rancúnies. Gros, barbut i ofegat en l'alcohol, va caure en una folla espiral d'autodestrucció, de conseqüències imprevisibles i difícil d'aturar.

L'insomni va convertir-se en el seu fidel company al llarg de moltes nits d'hivern. Quan tancava els ulls, esgotat, li venien al cap les escenes més esgarrifoses que havia hagut de viure en aquella cambra pútrida de la comissaria de Via Laietana, on els policies, encapçalats per un dels grans botxins del feixisme, havien posat fi a la vida del seu estimat germà Lluís. I una nit, una fonda i negra nit, posseït pel dolor més insuportable, el va somiar...

—Per què em véns a veure ara, Lluís?

—No van deixar que ens acomiadéssim. Ho recordes, oi?

—Hi penso cada dia de la meva vida.

—Tu tampoc no ho has passat gens bé, Ramon. Has estat a punt de morir moltes vegades, a causa de totes aquelles pallisses salvatges. Però el teu cos i, sobretot, la teva ànima, sempre s'han resistit a deixar aquest món. I és per això que no acabo d'entendre què fas ara, ni per què et comportes de manera tan cruel amb tu mateix.

—Què vols dir, Lluís?

—Que no comprenc per què t'entestes a matar-te cada dia una mica més.

—No ho sé ben bé... Suposo que ho faig perquè la meva vida ja no té gaire sentit.

—No t'entenc gens ni mica! Quan tenies realment motius per abandonar, per tirar la tovallola, no ho vas fer, i ara que tot podria ser més lluminós i esperançador, precisament ara, és quan ho engegues tot a la merda.

—Estic perdut sense tu i sense la Maria. Que no te n'adones... Em sento vell, i vull desaparèixer d'una revolada.

—I la mare? Tu creus que ella no ha tingut, al llarg de la seva vida, molts motius per abandonar? Primer, la mort del pare; després, la meva desaparició sobtada, tu tancat a la presó...

—Sí, Lluís, ja ho sé. Tens raó.

—I creus de veritat que ella no ha plorat nits senceres pensant que la seva existència s'havia convertit en un infern ingovernable?

—Estic convençut que a la mare ja no li deuen quedar llàgrimes per plorar, Lluís.

—I a tu, que te'n queden, de llàgrimes?

—Sí.

—Doncs llavors plora per tot el que has hagut de passar, i quan deixis de compadir-te de tu mateix, prova d'obrir les finestres de bat a bat, fes una bona glopada d'aire fresc i surt al carrer amb el cap ben alt. I mai no permetis que els mals records et facin dubtar de tu mateix, germà.

32

SOSPITES I CULPES

Quan la Maria va saber que estava embarassada i que, a més, serien bessons, no sabia quina actitud adoptar. Calia començar-se a preocupar o, pel contrari, sortir a celebrar-ho... I com un torrent d'emocions cabalós i incontrolable, els records van omplir la major part dels seus pensaments. En aquella ocasió tot havia estat diferent, però, d'una manera inconscient, el seu cap va fer un viatge molt llunyà, fins a remuntar-se a la seva estada a la clínica de Londres on el seu pare l'havia obligat a avortar. L'espectre d'aquell fill que mai no va arribar a néixer l'havia acompanyat al llarg de la vida, i un munt d'ocasions s'havia imaginat quin podria haver estat el color dels seus ulls, la seva olor o com seria el tacte de la seva pell.

Tot just quan va sortir del ginecòleg, la primera cosa que va tenir ganes de fer va ser trucar a la seva mare per tal d'anunciar-li aquella fantàstica notícia.

—Mare, al final ho hem aconseguit. Estic prenyada. Ha costat molt, tu ho saps, però al final la natura ha seguit el seu curs i, en el moment en què menys ens ho esperàvem, quan ja no ens obsedia nit i dia, ha arribat el que havia de venir.

—Ho veus, filla, si ja t'ho deia jo que, més tard o més d'hora, arribaria. I ara com estàs? Ja ho has dit a en Pere?

—No, encara no li he dit res. Em sento una mica estranya...

—Que et trobes malament?

—No, no és això. Em trobo força bé.

—Llavors, filla? Heu tornat a discutir amb el teu marit, oi que sí?

—No, mare, sóc jo, això que em passa és cosa meva. Crec que mai no he pogut esborrar del tot el que va passar a la clínica de Londres. I ara és com si revisqués aquella experiència.

—Ara tot és diferent, filla. Estàs casada, tens una bona posició social, i ets una dona madura. Ja no tens res a veure amb aquella adolescent que no sabia què volia.

—Sí, això ja ho sé, mare, però m'he posat a pensar...

—I?

—Crec que hauria arribat a matar per tenir aquell fill, i per haver-lo vist créixer al costat d'en Ramon.

—No saps el que et dius, Maria. Estàs nerviosa i cansada, entenc que és això, només això. Segur que quan hagis dinat una mica veuràs les coses més clares. Que no ets feliç després de saber aquesta gran notícia?

—Sí, és clar que ho sóc, però, de vegades, tinc la sensació d'estar vivint la vida d'una altra persona que no sóc jo.

—I això per què ho dius?

—Perquè si m'haguéssiu deixat decidir a mi sola, hauria fet les coses d'una altra manera, i ara encara estaria amb en Ramon.

—Maria, que ja no recordes que va ser ell qui et va deixar?

—Sí, ja ho sé, però jo mai no vaig lluitar. El vaig deixar escapar sense més. I això no m'ho perdonaré mai.

Amb el pas dels anys, la Maria s'havia convertit en una experta en l'art d'aparentar allò que realment no era, i va acabar acostumant-se a una vida sense esperança, en què la màxima il·lusió era veure com anaven creixent els seus fills, la Maria i en Pere, davant l'actitud passiva del marit que, des de feia ja massa temps, semblava absent i aliè a qualsevol cosa que impliqués complicitat i tendresa.

—Pere, ja sé que tens molta feina a la clínica, però crec que hauries d'estar més a casa. Els nens em donen molta guerra, i m'aniria molt bé saber que estàs al meu costat i que puc comptar amb tu en tot moment.

—Em sap greu Maria, però ara ens hem de sacrificar tots. A més, jo començo a donar uns cursos molt importants que m'obligaran a viatjar per Europa durant uns quants mesos. M'he compromès i no puc dir-los que no. És important per a mi, i estic segur que ho entendràs.

—I no hi pots enviar a ningú de la clínica, en nom teu?

—No, Maria, és del tot impossible. De fet, no sé si

ja t'he comentat que m'enduc en Ricard perquè m'ajudi. És una pila de feina i no puc assumir-ho jo tot sol. Te'n recordes, d'en Ricard, oi?

—Sí, és clar.

—Aquest noi em transmet confiança. És un jove amb molt talent i estic segur que té un futur brillant al davant.

—Sí, i tant que sí... Només cal escoltar com en parles. Que si en Ricard per aquí, que si en Ricard per allà...

—Què vols dir amb això, Maria?

—No, res, només que deu ser realment molt bo perquè te l'enduguis amb tu.

—Sí, ja t'he dit que té molt talent. Que no em creus, potser?

—Pere, que puc saber per què et poses tan a la defensiva, ara? L'única cosa que et dic és que m'agradaria que estiguessis més temps a casa. Això és tot. Em sembla molt bé que vulguis apadrinar en Ricard. Si creus que el noi s'ho val, endavant.

—Sí, Maria, en Ricard s'ho val. És un noi força singular, un veritable diamant en brut per polir, un encant, vaja.

—Sí, home, sí, que ja m'ho has dit. Però és que parles d'ell d'una manera... Ni que n'estiguessis enamorat!

Quan la Maria va descobrir la veritat, va entrar en una mena de paràlisi emocional. Per primera vegada a la seva vida era conscient que ella també s'havia convertit en una supervivent, i que, per tal de mantenir la seva posició i la dels seus fills, seria capaç de qualsevol cosa, fins i tot de fer veure que no en sabia res. Seguiria mirant endavant i jugant al perillós joc de les hipocresies i de la doble moral. Però el preu que havia de pagar sovint li resultava massa car i era precisament llavors quan necessitava desfogar-se amb algú.

—Mossèn Vinyes, em sento tan culpable...

—I això, Maria? Vols explicar-me què et passa?

—Estic vivint una vida que no és de veritat. Tinc la neguitosa sensació que m'he passat tots aquests anys fent allò que els altres volien que fes. I, per més que ho intento, no trobo res que hagi fet escoltant el meu cor, des d'una plena convicció. No sóc una dona lliure, mossèn. Em sento una covarda, fins al punt que no m'atreveixo ni a separar-me per la por del que diran.

—Però de veritat vols separar-te?

—He descobert un gran secret, una cosa terrible que no sap ningú més que en Pere i jo.

—Si m'ho expliques a mi, morirà amb mi, Maria... Ja coneixes com funciona el secret de confessió.

—Sí, ja ho sé. Però em sembla que, ara per ara, necessito molt més l'amic que no pas el mossèn. Creieu que podem parlar com amics?

—Jo no sé parlar-te de cap altra manera, Maria. És cert que sóc el teu confessor, però, per damunt de tot, em considero el teu amic.

—Ajudeu-me, estimat mossèn, ja no puc més...

—Per favor, filla, explica'm què és això tan greu que et passa. Que no t'adones que, sigui el que sigui, t'està turmentant innecessàriament l'ànima?

—És una cosa que afecta molt directament en Pere.

—Està bé?

—Sí, mossèn Vinyes, però el nostre matrimoni ja no té cap sentit. És com una gran mentida, sabeu?

—L'estimes?

—Sí, però ja no podré estimar-lo mai més com a home...

—Doncs ara sí que no t'entenc, Maria. Per favor, deixa els misteris de banda i explica'm fil per randa això que t'amoïna tant.

—En Pere va anar a fer una sèrie de classes magistrals per Europa, i en un d'aquells viatges, concretament a Roma, vaig voler donar-li una sorpresa i vaig agafar un avió sense que ell ho sabés.

—I què va passar, Maria?

—El meu marit m'és infidel, mossèn Vinyes.

—I com ho saps? En tens proves?

—Sí, mossèn. Quan vaig arribar a l'hotel, vaig poder contemplar amb els meus propis ulls com m'estava enganyant... perquè vaig enxampar-lo al llit acariciant-se amb un noi que treballa amb ell a la clínica i que es diu Ricard. La vida del meu marit s'ha convertit en una mentida enorme, i la meva també. Ell és homosexual i jo faig veure que no m'importa.

33

EL PERFUM

Aquell gener de l'any 1981 en Ramon va passar uns quants dies a Barcelona. Havia d'acompanyar la seva mare a unes sessions de recuperació que li havia recomanat el metge, després d'una caiguda. El fet de retrobar-se amb la seva ciutat va actuar com un bàlsam miraculós que va ajudar-lo a conviure més dignament amb les tristors més íntimes. Durant uns dies va allunyar-se del fred i de la neu de París i va gaudir d'un clima més benigne, i això el va acabar animant.

Cada tarda, l'advocat sortia de casa amb la intenció de redescobrir una Barcelona que creixia sens fi, i una d'aquelles caminades improvisades va conduir-lo fins a la cruïlla de l'avinguda Diagonal amb el carrer Tuset. Un cop allà, en la seva ment va despertar-se un pensament absurd: si trepitjava aquell carrer que tantes vegades havia recorregut, quedaria atrapat per sempre més per la melangia, un subtil encanteri del qual mai no podria alliberar-se. I el fet era que no estava gaire convençut de voler obrir les portes a uns records que, durant tot aquell temps, s'havien quedat mig adormits dins seu.

Després de respirar fondo, va decidir aventurar-se i, amb pas ferm, lent i decidit, va començar a mirar els aparadors de les botigues amb una actitud passional, des d'una curiositat sana. Si la ciutat havia canviat, el carrer Tuset no s'havia quedat enrere, i molts dels llocs que havia freqüentat durant la seva joventut ja ni existien. Amb un cert regust de pèrdua, va adonar-se que ja no era un noi, però quan va descobrir el rètol de la botiga de roba preferida de la Maria, va sentir que la seva ànima llançava al mar una àncora que no el deixava avançar ni mirar cap endavant.

Insegur i desorientat, en Ramon va obrir la porta, i en sentir la campaneta que avisava els encarregats de l'arribada d'un possible client, va somriure plàcidament. La botiga encara conservava l'aire rebel que l'havia fet tan famosa durant els anys més gloriosos de la *Gauche Divine* i, durant un segon, va semblar-li que la vella encarregada de la botiga, ara tancada rere els vidres d'un despatx decorat a l'última moda, era la mateixa dona que els havia atès tants anys abans en més d'una ocasió.

A l'advocat va costar-li una mica entendre com funcionava aquell mecanisme intern, fet d'emocions i de memòria. A través d'un gest senzill —entrar en una botiga—, de sobte, tots els seus sentits es van despertar. I en un moment precís, just quan va passar per davant de la secció de llenceria, es va aturar de cop. En Ramon va tancar els ulls i va moure's una mica cap a la dreta, i encara una mica més endavant, fins que va aturar-se al racó exacte on aquella antiga fragància l'havia anat a trobar de nou.

En sentir l'olor, en Ramon va haver d'obrir els ulls i va buscar amb la mirada qui duia aquell perfum que tantes vegades havia somiat. Recordava amb nitidesa que la Maria havia començat a fer servir aquell perfum quan només tenia quinze anys, tot just quan havien començat a festejar. Era possible que ella encara fos fidel a la seva aroma de sempre? Podria ser que tots dos haguessin estat en aquell mateix establiment, amb pocs minuts de diferència, i que la fragància continués viva?

Amb els ulls mig plorosos, en Ramon va acomiadar-se de la dependenta, va sortir al carrer i va anar amunt i avall del carrer Tuset, per veure si podia identificar alguna dona que li recordés la Maria. Amb el cor desbocat encara mig d'adolescent, el seu instint desitjava retrobar-se per atzar amb la seva princesa. Aleshores va quedar-se uns minuts aturat, gaudint del record d'aquell perfum de flor de llessamí, i de seguida va pensar en el gust salat d'uns llavis que mai no havia pogut oblidar.

Fins a aquell moment, en Ramon havia pensat intensament en la Maria, l'evocava especialment passejant, per exemple, al llarg i ample d'aquells magnífics jardins de París que posseïen tota la dolçor de les flors de llessamí. Però ara, aquells primers dies de gener, recordava intensament aquella noia que tantes vegades havia estimat des de la distància, des del silenci i amb la incertesa de no saber si la vida havia estat prou generosa amb ella.

I va ser precisament aleshores quan una ràfega de vent gelat va fer-lo tornar a la realitat. I mentre s'apujava el coll de l'abric i es posava els guants de pell, en Ramon va començar a desfer el camí i va tornar al barri de Gràcia.

La Gemma estava fent ganxet a la vora de l'estufa, i en veure l'expressió melangiosa del seu fill, de seguida va entendre que li havia passat alguna cosa bona.

—Com m'agrada veure't així, fill!

—Què vols dir? Però si fa un fred que pela al carrer.

—No dubto que faci fred, però a tu alguna cosa t'ha escalfat l'ànima. Tinc raó o no?

—Sí... no... vaja, no sabria què dir-te. Deus tenir raó, aquesta tarda m'ha passat una cosa que m'ha fet feliç.

—Doncs explica-m'ho bé, que tinc la vista cansada i necessito reposar una mica.

—Mare, he anat fins al carrer Tuset i he entrat en una botiga de roba on sovint ens deixàvem caure quan sortia amb la Maria.

—Llavors el que t'ha passat té a veure amb la Maria, oi?

—Sí, mare, per què m'ho preguntes?

—Res, coses meves, després t'ho diré. Però ara acaba'm d'explicar què t'ha passat...

—Doncs, com et deia, he entrat a la botiga aquella i m'han vingut al cap un munt de vells records.

—Això que dius és bonic, Ramon, ara entenc que estiguis tan content.

—No, no, si encara no t'ho he explicat tot. Mentre regirava roba, he reconegut l'olor d'un perfum que m'ha transportat a uns temps molt feliços.

—Un perfum, dius?

—Sí, mare, un perfum molt i molt delicat, pura essència de flor de llessamí.

—I aquest és el perfum que duia la Maria, oi?

—Sí, mare. I llavors, per uns moments, m'he fet la il·lusió que la Maria hauria pogut ser en aquella mateixa botiga potser només uns minuts abans que jo arribés. Ho entens, mare?

—És ben curiós això que em dius, fill, perquè alguna vegada, tot just abans d'entrar aquí a casa, a fora del replà, també he sentit aquest subtil rastre de perfum de flor de llessamí. I sempre he pensat que havia vingut algú que mai no s'havia atrevit a trucar a la porta.

—I tu creus que podria ser la Maria?

—No ho sé fill. Només sé que sóc feliç veient que t'ha canviat l'ànim, pensant que podies tornar a trobar-te amb ella.

34

UN COP DE SABRE

El 13 de gener de 1981, el programa *Radioscope* va celebrar els seus primers divuit anys en antena, i per tal de festejar-ho com calia, un fidel grup d'oients va organitzar un homenatge a Salvador Escamilla. L'acte, celebrat solemnement al Saló de Cròniques de l'Ajuntament de Barcelona, va ser molt emotiu, i a l'hora dels parlaments, l'alcalde Narcís Serra i altres membres destacats de la societat catalana van voler transmetre quina havia estat la generosa personalitat del locutor i la seva aportació a la cultura del país.

Quan l'Escamilla va veure la Maria Riera acostant-se al faristol, no s'ho podia creure. I quan la seva protegida en aquell concert memorable del 1967 al Palau de la Música va començar el seu parlament, el periodista es va emocionar intensament. La dona només tenia paraules d'agraïment pel locutor que havia confiat en la seva veu com a cantant.

I tal com havia succeït tants anys enrere, quan la Maria va sentir aquelles papallones a la panxa, tot just abans de començar el parlament, va tancar els ulls i va tornar a concentrar-se en un record molt intens i únic: el seu primer petó d'amor.

Autoritats, estimat Salvador, amics i amigues: he de confessar que havia preparat un breu parlament, però ara mateix m'acaba de passar una cosa increïble. Si em deixeu que us l'expliqui, comprendreu perfectament quin és l'abast de la magnífica personalitat d'en Salvador Escamilla.

Fa molts anys, vaig ser convidada a participar al memorable concert que va tenir lloc el mes d'abril del 1967 al Palau de la Música Catalana. L'Escamilla va insistir molt perquè jo cantés una cançó. Hores abans del concert, mentre assajava, estava molt nerviosa i en Salvador va donar-me un consell meravellós que ara mateix, quan he començat a parlar, he tornat a aplicar disciplinadament. Ho recordaré tota la vida. Mentre jo tremolava de dalt a baix com una fulla, en aquell teatre que hores més tard estaria ple de gom a gom, en Salvador va mirar-me als ulls i va donar-me el consell. Han passat molts anys i jo no he tornat a cantar mai més en públic. Però sempre que pinto o quan tinc una presentació important a la meva galeria d'art i les paraules es neguen a sortir, sempre faig el mateix: tanco els ulls i em remunto molt de temps enrere per reviure un moment especialment dolç i intens de la meva vida. I ara mateix ha tornat a funcionar.

Benvolguts amics, en Salvador Escamilla no només ens ha acompanyat durant tots aquests anys a través de les ones de la ràdio, sinó que, especialment en el meu cas, també m'ha acompanyat des del cor. Per mi és un pare, un bon amic i un excel·lent conseller. Gràcies a tots per la vostra atenció, i gràcies a tu, Salvador, per ser com ets.

Quan la Maria va tornar a obrir els ulls, va veure tots els assistents a l'acte dempeus. El Saló de Cròniques de l'Ajuntament tremolava pels aplaudiments que ressonaven aquí i allà en aquella immensa i noble sala. I enmig de tothom, la Maria i en Salvador, visiblement emocionats, van fondre's en una abraçada carregada d'afecte.

—Moltes gràcies per les teves paraules, Maria.

—Ha estat tot un honor donar el meu testimoni. Només he dit el que sento, Salvador. Ningú mai no m'ha donat cap consell més bo que el que tu vas donarme aquell dia al Palau.

—Doncs em fas feliç, Maria. Gràcies una altra vegada per les teves paraules. I no pateixis perquè tan aviat com puguem, la meva dona i jo et vindrem a veure a la galeria d'art.

—M'agradarà molt, Salvador...

La celebració va acabar, unes quantes hores després, a la popular sala de festes La Paloma, al Barri Xino, on van actuar un bon grup d'amics artistes d'Escamilla, com Raimon, Ovidi Montllor, Núria Feliu, Marina Rossell o La Trinca.

Havia estat un dia realment intens i ple d'emocions, i quan la Maria va arribar a casa seva i va sentir com en Pere parlava per telèfon amb el seu amant, va tenir la temptació de trencar el seu matrimoni i tornar a ser lliure.

Aquell intens i tètric soroll de sabres va tornar a ressonar la tarda del 23 de febrer de l'any 1981. Com per art d'encanteri, molts van tenir la sensació d'haver entrat en una mena de forat negre en el temps, un túnel fosc que amenaçava i semblava transportar tot un país sencer a uns quants anys enrere.

La Maria Riera va escoltar la notícia a la ràdio, però es negava a admetre que allò era cert. Amb el cor encongit, va decidir passar la tarda tancada a casa, pregant que només es tractés d'un malson del qual despertaria en qualsevol moment.

A mesura que passaven les hores, la incertesa s'estenia pels carrers d'una Barcelona que s'agitava inquieta entre la por i el dubte, i en Ramon, reunit a casa d'un company advocat amb qui acostumava a col·laborar, fumava sense parar, mentre caminava amunt i avall pel passadís del pis com si fos un animal engabiat.

—No m'agrada gens ni mica tot el que està passant. Els carrers fan una olor de por que fins i tot m'arriba a marejar.

—Però què passa exactament, Ramon?

—Sembla que a les dues tocades de la tarda, un grup de guàrdies civils i de vehicles camuflats han tancat els accessos a la zona propera al Congrés dels Diputats i una estona més tard uns centenars de guàrdies civils, encapçalats pel tinent coronel Antonio Tejero, han assaltat l'hemicicle del Congrés, tot just en el moment en què es duia a terme la segona votació per investir Leopoldo Calvo Sotelo com a president del Govern espanyol.

A casa dels Riera, l'intent de cop d'estat es vivia d'una manera molt diferent i, mentre en Joan i el seu gran amic, l'excomissari García, s'abraçaven, somiaven un país on es tornés a viure com en aquells gloriosos temps de Franco.

Aquella nit va ser molt llarga, amb milions d'espanyols enganxats als seus aparells de ràdio, i ja de matinada, Joan Carles I, vestit de capità general, es dirigia als ciutadans a través de la televisió, donant per fracassat el cop d'estat.

L'endemà mateix, el dia 24 de febrer, els segrestadors van rendir-se definitivament, i aquell mateix dia en Ramon va fer-se un jurament solemne. Ell, que en un altre temps havia jurat que renunciaria a la violència per defensar les idees amb la força de les paraules, després de passar la nit en vetlla amb l'angoixa i amb la por posada al cos, va decidir que dedicaria la resta de la seva vida a evitar que mai no es tornés a repetir un atemptat contra la democràcia com el que acabaven de viure. Naixia un nou Ramon, un esperit renovat que començava a acceptar que les seves cicatrius només eren el record llunyà d'un passat que no hauria de tornar a viure mai més.

35

EL RETORN

La decisió de dedicar-se en cos i ànima a l'activitat política era ferma, i després de tancar el seu despatx d'advocats de París, en Ramon va tornar a Barcelona amb il·lusió i es va instal·lar en un pis nou de la Gran Via de les Corts Catalanes, un espai que també faria servir com a despatx per atendre els seus clients.

El Govern que havia format Leopoldo Calvo Sotelo va resultar més feble del que tothom hauria desitjat, i això va provocar la convocatòria d'eleccions generals anticipades l'any 1982. L'intent de cop d'estat encara ressonava en les ments de moltes persones que van acabar agraint un nou pas endavant en la democràcia, quan el PSOE va guanyar les eleccions amb una còmoda majoria, i el nou Govern de Felipe González, amb Narcís Serra com a ministre de Defensa, va començar a dur a terme reformes a l'exèrcit, amb jubilacions massives i anticipades de molts militars i promocionant nous oficials, més joves, però, per damunt de tot, fidels i lleials a la Constitució.

L'ascens d'en Ramon va ser imparable dins de les

files del Partit dels Socialistes de Catalunya, i en les mateixes eleccions municipals del 1983 en les quals va ser escollit alcalde de la ciutat Pasqual Maragall, l'advocat va arribar a convertir-se en regidor de Barcelona.

L'any 1986 la capital catalana va aconseguir ser la seu dels Jocs Olímpics del 1992, i des del primer moment, en Ramon va ser al costat de l'alcalde, en el comitè organitzador dels Jocs. Era evident que el repte era important, però, a poc a poc, van anar transformant l'escepticisme de molts en un encès entusiasme, i les dificultats més dures, en reptes lluminosos. Era obvi que la celebració de l'esdeveniment olímpic hauria de representar un salt endavant, no només per a la ciutat de Barcelona, sinó per a tot el conjunt de Catalunya.

Des del seu càrrec de regidor, en Ramon viuria aquells anys com un regal.

Quan en Ramon va entrar a l'habitació de l'Hospital Clínic de Barcelona, de seguida va sentir l'olor penetrant de la mort. No va immutar-se ni un segon perquè, d'alguna manera, estava convençut que la terrible malaltia que estava posant fi a la vida del comissari García era un càstig del cel, una mena de justícia suprema, per totes les ànimes que aquell home havia torturat i assassinat amb les seves pròpies mans.

Durant anys, en Ramon havia intentat obrir una causa penal contra l'assassí, però mai no ho va aconseguir. Sens dubte, l'home que agonitzava havia estat un personatge molt poderós en els seus millors temps, i l'ombra de la seva influència encara s'allargava fins a alguns indrets veritablement impensables.

A la tauleta de la vora del llit hi tenia un rosari, visiblement malmès per l'ús. A en Ramon se li va regirar l'estómac pensant com podia ser que una persona tan fosca com aquella s'atrevís a omplir-se la boca amb el nom de Déu.

El vell semblava mig endormiscat, però en Ramon va tenir la impressió que en García, de fet, seguia ben atent els seus moviments, com un gat vell esperant el moment oportú per abraonar-se damunt de la seva ingènua presa. L'advocat va començar a parlar.

—*Veo que sois un buen cristiano, García, y que os gusta rezar a diario con vuestro rosario.*

—*Dios siempre ha estado a mi lado, hijo. Cada vez que lo he necesitado, siempre ha estado ahí para ayudarme a levantar el ánimo. Sí, tengo fe. Pero dime, ¿quién eres tu? ¿Nos conocemos?*

En Ramon, mentre s'anava apropant a ell, sentia un calfred que li recorria l'espinada de dalt a baix. Era veritat que la malaltia havia castigat severament aquell home, però el seu to encara conservava una certa insolència. I aquell detall de seguida va recordar-li les sagnants pallisses a la comissaria de Via Laietana.

—*Sí, nos conocimos bien hace unos años. ¿No me recuerda?*

—*No, ahora mismo no caigo, pero no te molestes. Últi-*

mamente la vista me juega malas pasadas. Los médicos dicen que es por la medicación, pero yo ya sé la verdad. Me estoy muriendo. Y ya no me queda demasiado tiempo.

—Me enteré de que estaba ingresado y pensé que tenía la obligación moral de hacerle una visita.

—Pues te lo agradezco mucho. Siempre son bienvenidas las visitas. Me paso muchas horas al día solo y lo cierto es que me gusta hablar con amigos. ¿Y de dónde dices que nos conocemos? ¿Cuál es tu nombre, chico?

—Me llamo Ramón Miserachs, soy abogado y regidor del Ayuntamiento de Barcelona.

—Pues que honor que me venga a ver una persona tan importante. Y sí, tu nombre me resulta familiar, pero ahora mismo no sé de qué te conozco. Ya ves, no solo me falla la vista. La memoria también me está dando más de un disgusto. ¿Y de qué nos conocemos exactamente, Ramón?

—Nos conocimos en la Jefatura de Vía Layetana...

—¡Ah, qué recuerdos! ¿Y eras policía?

—No exactamente, García, no. No soy policía.

—Bueno, tampoco importa. Por allí pasaba mucha gente.

—Es verdad, lamentablemente por allí pasaba mucha gente.

—¿Lamentablemente, dices? No, tú no eres policía. Seguro que fuiste uno de los desgraciados que tuvimos que detener. Ya me lo pareciste, nada más entrar. Tú debes de ser uno de esos separatistas, ¿verdad?

—No, te equivocas, García.

—Vaya, ¿ahora ya me tuteas, eh? Anda, hijo, ves al gra-

no y dime de una vez qué es lo que quieres de mí. Me estoy muriendo, así que ya no hay nada que me asuste en esta vida.

—¿De verdad no me recuerdas? ¿No recuerdas las palizas en el sótano de la comisaría que tú dirigías y otras tantas veces ejecutabas con tus propias manos? ¿Y no recuerdas cómo asesinaste a mi hermano Luis?

—Claro, ahora caigo. ¡Tú eres el entrometido!

—¿El entrometido?

—¿Y qué quieres de este anciano, Ramón?

—Quiero mirarte a los ojos y ver si queda algo de ser humano en tu interior. Quiero llamarte asesino por haber acabado con la vida de mi hermano, un muchacho inocente. Quiero que sepas que me he pasado media vida odiándote y curándome las cicatrices que tú dejaste en mi piel y en mi alma...

—Vaya, vaya, ya veo que además de ser un entrometido también eres un nostálgico.

—Tan solo dime una cosa.

—A ver, sorpréndeme, hijo.

—¿Por qué?

—Ya entiendo. ¿Quieres saber por qué hice lo que hice?

—Sí, exacto.

—Muy sencillo. Lo hice porque en esa comisaría de Vía Layetana yo era Dios.

En Ramon va agrair tornar a respirar aire pur. I mentre pensava en aquella trobada carregada de tensió, va decidir anar a casa de la seva mare i convidar-la a dinar. Tenien moltes coses per celebrar cada dia, però, per damunt de tot, volia passar la tarda amb la persona que més havia patit com a conseqüència de la follia d'un home vell i moribund que es creia un déu.

36

LA BARCELONA OLÍMPICA

El foc olímpic dels Jocs de Barcelona es va encendre el dia 5 de juny de 1992, seguint un vell ritual mil·lenari que s'endinsava en la foscor dels temps i, un altre cop, al temple d'Hera d'Olímpia, a Grècia, els raigs de sol encenien la flama que hauria de presidir els Jocs de la XXV Olimpíada.

En Ramon i la Maria, sense ni adonar-se'n, al llarg dels anys, també havien anat alimentant la seva pròpia flama. Un foc de vegades vigorós i d'altres més esmorteït, però que mai no havia acabat d'extingir-se definitivament. A les seves dues vides, tot i no saber res l'un de l'altre, sempre continuaven cremant aquelles brases d'un amor que encara no havia donat tot el seu fruit.

Quan la torxa va arribar al port de Barcelona, tothom va voler prendre part en els relleus que portarien la flama olímpica des de la plaça de Sant Jaume a l'Estadi de Montjuïc. Allà, la veu immortal de Montserrat Caballé va omplir d'emoció i sentit l'ànima dels milers de persones que eren presents al recinte, i també dels milions d'espectadors que rebien aquelles imatges per a la memòria a través de la televisió.

Quan en l'espectacular cerimònia inaugural l'estol de coloms blancs va alçar el vol, la Maria va concentrar-se en el batec de les ales d'una de les aus, la més petita i fràgil de totes, i va alliberar la seva imaginació. Va somiar que l'ocell duia al seu bec una carta de tendresa, i que a l'altra banda de l'estadi, entre tota aquella gentada, l'home de la seva vida rebia inesperadament aquelles paraules d'amor.

Quan en Ramon va assabentar-se que el 23 de juliol Jamboree tornava a obrir les portes, no va dubtar-ho ni un moment i de seguida va engrescar un grup d'amics per anar-hi el mateix dia de la inauguració. Barcelona estava de festa i només faltaven unes hores per inaugurar uns jocs olímpics que haurien de posar la ciutat en l'ull del món sencer.

L'advocat Javier Cámara havia adquirit el local i l'havia reobert com a cava de jazz i comptava amb l'ajuda de Joan Tordera, propietari de la Cova del Drac, com a programador dels concerts.

La ciutat bullia d'activitat i el local de la plaça Reial semblava un petit món on era possible trobar persones de qualsevol lloc de la terra. Barcelona era, sense cap mena de dubte, la capital de l'univers.

37

SOPANT AL BULLI

Cada vegada que la Maria Riera s'apropava a la cala Montjoi sentia que alguna cosa rejovenia al seu interior. Aquell dia simbolitzava un moment de celebració en la vida de la parella i ja feia temps que en Pere havia planejat sorprendre la seva dona amb un sopar romàntic al restaurant més prestigiós del món.

Barcelona havia estat la capital de tot l'univers durant la celebració dels Jocs Olímpics, i el luxós restaurant del municipi de Roses, any rere any, gràcies al talent de Ferran Adrià i el seu equip, s'entossudia a convertir-se en la capital de la gastronomia.

La relació entre la Maria i en Pere havia passat per moments bons i dolents, però en el fons del seu cor ella sabia que era un matrimoni que sempre havia estat marcat per les mentides i la hipocresia. I en aquest cas no es veia amb cor de decidir qui era el bo i qui era el dolent perquè segurament cap dels dos estava vivint la vida que volia viure.

Després de molts retrets i llàgrimes, amb el temps semblava que tot s'havia transformat en una cosa més suportable i el patiment havia deixat pas a una aparent felicitat que sovint semblava més fràgil que una flor de llessamí.

—Sempre he volgut venir al Bulli, Pere, i ja et dic que ho has encertat de ple.

—Ho sé, bonica, per això t'hi he volgut portar en un dia tan especial per a nosaltres.

—Sí, perquè avui celebrem el dia que ens vam conèixer, oi?

—Sí, és clar, que ho dubtes?

—No, no és això, només pensava, Pere.

—Però ara no crec que sigui moment de pensar gaire, Maria. Aquest menú degustació que estem a punt de menjar és un regal per als sentits i crec que els dubtes i els retrets s'han de quedar a la porta, ben lluny d'aquesta taula.

—Que et sap greu que pensi?

—No, no és això, però amb tu sempre tinc la sensació que estàs absent. On tens el cap, Maria?

—Res, només t'he dit que pensava. M'han vingut al cap els nostres fills. Em preguntava si seran prou valents per viure la vida que realment vulguin. Perquè, tu has viscut la vida que desitjaves, Pere?

—Sí, és clar.

—Ho dius de veritat, això?

—Sí, Maria, ho dic de veritat. Però vols deixar d'emprenyar-me amb aquestes preguntes estúpides?

—De veritat creus que les meves preguntes són estúpides?

—Sí, collons, ja t'ho he dit. Les teves preguntes són estúpides i tu també...

—Llavors no entenc què fas amb mi, Pere. Perquè tu m'estimes, oi?

—Maria, és clar que t'estimo! Vols parar ja? M'estàs fastiguejant la nit!

—Doncs si m'estimes tant com dius, per què em parles així?

—Et parlo així perquè t'agrada molt tocar-me els collons!

—Només t'he fet una pregunta. Puc saber per què et poses a la defensiva? Aquesta conversa m'està recordant una altra que vam tenir fa molts anys. Hi caus?

—Maria, tu i jo hem tingut milers de converses. Vols fer el favor de parlar clar d'una vegada? Què vols saber?

—El que vull saber és si vius la vida que t'agradaria viure...

—Ja t'he dit que sí, hòstia!

—No et crec, Pere; de fet ni et crec a tu ni em crec a mi mateixa.

—Què vols dir? No creus que t'estàs passant?

—No m'estic passant gens. Som uns hipòcrites que ens deixem portar per la rutina i l'interès. T'ho tornaré a preguntar, Pere. Ets feliç?

—No, Maria, no sóc feliç. I vols saber per què?

—Perquè et falta alguna cosa?

—Exacte, Maria, em falta una cosa molt important.

—I què et falta, Pere?

—Sí, Maria, no sóc feliç perquè em falta en Ricard a la meva vida. Ja estàs contenta?

Un cop van posar les cartes al damunt de la taula i van ensenyar el seu veritable joc, la Maria va decidir entrar a fons, i després del sopar al Bulli, on van obrir la seva caixa de Pandora personal, van tornar al Parador on van passar-se tota la nit parlant, ja no com a marit i muller, sinó com dos amics que es retroben després de molt temps sense veure's i es posen al corrent de totes les seves llums i ombres. Semblava que no podia ser, però tan bon punt van despullar l'ànima l'un davant de l'altre per dir-se les veritats, la tensió que els havia acompanyat al llarg de tota la seva relació va esfumar-se en un tres i no res.

En Pere mai no havia deixat de veure's amb el seu amant, i durant tots aquells anys havia portat una doble vida que havia acabat minant la seva ment i també el seu cos.

—I per què no has fet res sobre això, Pere?

—Estàs de broma, Maria? Com vols que digui a la meva família que sóc homosexual?

—Ho entendran.

—No siguis innocent, Maria. Ja coneixes els meus pares i els meus germans. No només no ho entendrien, sinó que, a més, em rebutjarien de per vida.

—Però la realitat és que no ets feliç.

—No, no sóc feliç. Mai no ho he estat...

—És una llàstima, Pere, ets un bon home.

—Ser bona persona no té res a veure amb ser feliç. Em pensava que tu ja ho sabies, Maria. Però, i si parlem de tu? Tu ets feliç?

—Tinc molts moments d'infelicitat. Em donen moltes alegries els meus fills i la meva feina a la galeria d'art.

—Però?

—Però no sóc feliç del tot, Pere, i a hores d'ara ja començo a pensar que ja no ho seré mai més.

—Has estat feliç en algun moment de la teva vida?

—Sí, Pere, jo he estat una dona molt feliç.

—I quan va ser això? Perquè és evident que amb mi no ho has estat.

—Va ser fa molts anys, Pere. Però l'home que estimava em va deixar i el meu cor mai no s'ha pogut guarir del tot.

—I no saps res d'ell?

—Sé que un bon dia em va trencar el cor. I encara no l'he pogut guarir...

La separació de la Maria i en Pere no va sorprendre ningú del seu cercle més íntim.

Quan en Joan Riera va saber que la seva filla se separava, va deixar de parlar-li durant uns mesos. Segons afirmava l'home, la Maria gaudia portant-li la contrària sempre, i no podia entendre com una dona de bona família deixava escapar un bon partit com en Pere Camacho.

—I per què us separeu, Maria?

—Perquè en Pere i jo només podem ser amics, però no pas una parella.

—Per què ho dius, això? Que no has après res del que t'he ensenyat durant tota la vida? I el sacrifici?

—No té res a veure amb això, pare. De fet, no sé per què t'ho he dit...

—Doncs jo crec que em deus un respecte i no veig cap motiu perquè et separis del teu marit. Puc saber què has fet?

—Què vols dir? Jo no he fet res!

—No ho sé, Maria, però crec que m'amagues alguna cosa.

—Jo no t'amago res, pare, només t'he dit que amb en Pere hi ha una bona amistat, però no hi ha amor.

—Amor, dius? L'amor és una mentida, filla. L'amor no existeix, és només una invenció per a nens. Però els adults hem de ser pràctics, Maria. I el més pràctic per a tu és aguantar-te i continuar al costat del teu marit. Amb ell mai no et faltaran ni els diners ni una posició social més que respectable. Ho heu de fer pels vostres fills. Ara ho tens tot, filla!

—Però, què dius? A mi no m'interessen aquestes coses.

—Ah, no? I llavors puc saber què t'interessa a tu?

—Jo vull estimar i respectar el meu home, però no de la manera que ho entens tu.

—Mai no has crescut, Maria, segueixes sent una nena petita carregada de punyetes. Tens sort que sempre he estat al teu costat solucionant-te els problemes.

—Però, pare, jo no vull que et fiquis en la meva vida.

—Si no m'hagués ficat en la teva vida, tal com dius, series una desgraciada.

—T'escolto i em fas por, pare. Vés a saber què deus haver fet sense que jo me n'hagi assabentat.

—Tot el que he fet ha estat pel teu bé. I, com em tornis a parlar així, t'hauré de girar la cara. M'has entès bé?

La Maria va marxar de l'àtic de rambla de Catalunya amb els ulls plens de llàgrimes, i va sentir un calfred que li va recórrer l'espinada de dalt a baix.

38

L'INFERN D'ATOCHA

L'11 de setembre de l'any 2001 el món sencer es va despertar amb la flaire del terror rondant a l'ambient. Res no seria igual a partir de l'atemptat a les Torres Bessones de Nova York, i ningú no es podia imaginar que, pocs anys més tard, Espanya es veuria afectada per un atemptat terrorista impensable fins aleshores.

L'11 de març de 2004, a les 07.37 hores, una bomba esclatava en un tren de rodalies a l'estació d'Atocha. Només un minut més tard van produir-se altres explosions al mateix tren. El caos i el desconcert van envair les andanes i les escales mecàniques de l'estació on es van viure escenes esgarrifoses. A les 07.38 hores van esclatar dues bombes més en un comboi a l'estació d'El Pozo i una altra a Santa Eugenia. Seixanta segons més tard, quatre explosions més van fer volar pels aires un altre tren que tot just es trobava a cinc-cents metres de l'estació d'Atocha.

En tres minuts una desena de bombes havien deixat més de cent noranta morts i mil cinc-cents ferits. Acabava de produir-se l'atemptat terrorista més important de la història d'Espanya, una tragèdia que quedaria marcada per sempre més en la memòria de tot un país.

En Ramon va seguir amb atenció totes les informacions que s'anaven succeint als diferents mitjans de comunicació. Madrid i els seus habitants van despertar enmig d'un caos terrible, amb crits de desesperació i sirenes que s'escoltaven insistentment a través de les emissores de ràdio, primer, i després amb les imatges d'una tragèdia que es retransmetia en directe a través d'algunes pàgines d'Internet i diferents cadenes de televisió.

A Espanya va produir-se una catarsi col·lectiva. No calia estar-hi físicament present per compartir el dolor de centenars de persones que havien agafat el seu tren com un dia qualsevol. La ciutat sencera va mobilitzar els equips d'emergència, i aquí i allà van muntar-se hospitals de campanya per atendre les víctimes i els ferits, tot just quan s'activava el pla d'emergència davant de catàstrofes, mentre la solidaritat es feia palesa i es començaven a formar les primeres cues de persones que anaven als hospitals a donar sang per compartir-la amb tots aquells que l'havien perdut.

La Maria Riera no va poder dormir gens ni mica aquella nit. Feia molts anys que no es veia amb la Margarida i ara ja mai més no podrien tornar a quedar. Ja era oficial, i, tot i el caos que encara es respirava arreu, la seva amiga havia estat una de les víctimes d'aquell monstruós atemptat contra la vida, les il·lusions i l'amor de centenars de persones.

Cada vegada que es ficava al llit i tancava els ulls, se li apareixien uns rostres desconeguts que li parlaven de centenars d'històries d'amor que mai no es podrien arribar a viure en la seva plenitud. Era com estar vivint en un malson, i només després de prendre's una til·la, va aconseguir asserenar-se i agafar una mica de distància amb tota aquella tragèdia que havia sacsejat els fonaments emocionals de tot un país.

Passada la mitjanit va decidir agafar el telèfon i trucar a la seva amiga Sabine. Necessitava parlar amb l'única persona en la qual podia confiar plenament, i necessitava compartir amb ella un pensament que acudia al seu cap una vegada i una altra.

—Maria, estàs bé? Pensava trucar-te al matí per preguntar-te sobre la tragèdia que ha passat a Madrid.

—Ha estat una tragèdia increïble, Sabine. No he parat de plorar en tot el dia.

—Però a qui se li pot acudir cometre una barbaritat com aquesta?

—Això només ho poden fer uns assassins, Sabine.

—Però qui? ETA?

—Això és el que diuen des del Govern, però ja han aparegut pistes que parlen d'un atemptat d'origen islamista.

—Com als Estats Units?

—Sí, Sabine. A partir d'ara nosaltres també tindrem el nostre 11-M.

—Maria, estàs bé?

—No, no estic bé. La Margarida, una antiga companya d'universitat, ha mort. Però el que em passa és molt més profund que no pas la tragèdia que ens ha tocat viure. Saps que cada vegada que tanco els ulls per mirar de dormir se m'apareixen unes cares que no conec?

—I qui són?

—No ho sé. Suposo que el que ha passat m'ha impressionat molt, però són ànimes que no em parlen de dolor. Més aviat tenen un missatge carregat de decepció.

—I per què dius això?

—Perquè he pensat que la impossibilitat de viure un amor sempre té alguna cosa de tragèdia i això és el que he estat experimentant a la meva pròpia pell durant molt de temps. Jo també sóc una víctima.

39

HABITACIÓ 310

El destí va trucar a la porta de la Maria amb contundència en forma d'una malaltia greu que la va tenir ingressada a l'habitació 310 de l'Hospital General de Catalunya.

De vegades necessitem un senyal per adonar-nos que cal transformar la nostra vida, i en el seu cas, el càncer de pit va ser aquest avís. La recuperació va ser lenta, pesada i dolorosa. Però la Maria va aconseguir convertir aquest dolor en una autèntica benedicció i va decidir transformar la seva vida i dirigir-la cap on el seu cor sempre havia desitjat, sense pors ni complexos. Però per arribar a reconciliar-se amb un mateix es necessita una gran dosi de paciència, que en uns moments com aquells, quan saps que jugues al caire de la fulla d'una navalla, no sempre és fàcil d'aconseguir.

Quan la Maria va rebre el diagnòstic va sentir com s'esfondrava tot el món al seu voltant, i en el moment en què va saber que la malaltia estava molt avançada i que calia extirpar-li un dels pits, va sentir-se morir i per art d'encanteri va veure passar la vida per davant dels seus ulls com una pel·lícula en blanc i negre que de tant en tant tenia unes notes de color. Només en moments puntuals de la seva vida. Només el temps que havia compartit amb en Ramon, el primer home que la va fer sentir dona enmig d'aquelles barques d'una platja a la vora de Cadaqués.

Quan la Sabine va saber que la Maria havia de ser intervinguda amb urgència, va agafar un vol per acompanyar-la i estar amb ella a l'habitació 310.

La cambra era blanca com la neu, i la Sabine, en veure aquella pulcritud, que de seguida li va fer pensar que tot allò només era hipocresia, va tenir un calfred.

—Sabine, gràcies per venir!

—Què has fet ara, Maria? Ja veus que no pots estar sense mi. Et deixo sola uns quants dies i ja et fiques en problemes.

—No, Sabine, aquesta vegada no es tracta de cap broma.

—Ja ho sé, Maria. Només provava de treure-hi importància. Com estàs?

—A punt d'entrar a quiròfan.

—I en Pere? T'ha vingut a veure?

—Sí, ha vingut amb els nois, i també els pares, els amics. No em puc queixar, ha vingut un munt de gent. Però saps una cosa? Vénen per animar-me, però noto que als ulls hi tenen por i molts d'ells començarien a córrer de seguida per fugir ben lluny.

—La mort ens fa molta por, i el dolor encara més.

—Sí, Sabine, és tal com dius. Tu ets l'única persona a qui veig la mirada neta i clara com sempre.

—Però estic amoïnada, Maria, no et vull enganyar.

—Els metges diuen que serà complicat, però creuen que podran aturar la malaltia. El preu que he de pagar ja el coneixes. M'han d'extirpar un pit...

—Te'l reconstruiran, Maria, ara la medicina està molt avançada i...

—Ja parles com la meva mare...

—Com la Júlia? Però per què ho dius, això?

—Ella també em parla dels avenços de la medicina, com si sabés el que es diu. La veritat és que també me'n parlen els metges, però...

—Quin és el però, Maria?

—Que si me'n surto, penso que mai més no podré anar al llit amb cap home. I així, qui m'estimarà?

—Tu ets una dona meravellosa, Maria, i al món hi ha un munt d'homes que desitgen creuar una mirada amb tu.

—Això no ho dubto, Sabine, però què passarà quan estiguem a la distància curta? Què passarà quan passi de les mirades a les carícies? Tu creus que els seguiré agradant?

La Sabine va mirar d'acabar aquella conversa, i amb un subtil i suau moviment de la mà, va acariciar el rostre de la seva amiga i amb una veu dolça li va començar a cantar a cau d'orella una delicada cançó de bressol que la Maria va reconèixer de seguida.

—Sabine, tu saps que aquesta cançó és la que vaig cantar al Palau de la Música...

—És clar, m'ho has explicat moltes vegades. I saps una cosa?

—Digue'm, Sabine.

—Doncs avui tu ets aquest rossinyol petit i preciós. I no cal que vagis ni a França ni a enlloc. Només descansa, Maria estimada, deixa't endur per la cançó i somia totes les coses boniques que encara té guardades la vida per a tu.

La recuperació va ser més lenta del que la Maria hauria desitjat. Físicament el seu cos estava reaccionant favorablement al tractament i l'operació havia resultat tot un èxit. Aquesta vegada semblava que havia guanyat la batalla a la mort.

Era evident que mai més no tornaria a ser la mateixa dona que abans de la malaltia, però el més curiós era que la Maria, per damunt de tot, sentia que s'havia transformat interiorment i s'havia convertit en una persona enamorada incondicionalment del que, paradoxalment, havia estat a punt de perdre: la vida.

A la Maria sempre li agradava parlar amb mossèn Vinyes, i encara més quan es trobava en moments especialment delicats. Espontàniament, aquell vell sacerdot s'havia convertit en una mena de guia espiritual que, carregat de saviesa, l'ajudava sempre a trobar la llum entre les ombres més tenebroses.

—Mossèn Vinyes, que contenta que estic de veure-us.

—I jo, filla. Com estàs? Veig que et recuperes. He demanat molt per tu a Nostre Senyor.

—Doncs ja ho veieu, mossèn. Déu ha escoltat les vostres pregàries.

—Déu sempre escolta les nostres pregàries, Maria.

—No sé què dir-vos, mossèn. Quan van diagnosticar-me el càncer de pit vaig dubtar de moltes coses, fins i tot de Déu.

—Vas arribar a dubtar de Déu?

—Sí, també vaig dubtar d'ell. No podia entendre per què m'havia castigat amb una malaltia tan terrible. El càncer no només afecta la carn. També et toca molt endins. I quan saps que la teva vida està en perill, hi ha alguna cosa al teu interior que es rebel·la. Ho he passat molt malament, mossèn Vinyes, i quan em trobava dins d'aquesta tempesta de pors i contradiccions a flor de pell vaig deixar de creure en Déu. Ni creia en Déu ni creia en la vida.

—I ara que tot està passat, com estàs, Maria?

—Crec que la paraula exacta és *transformada*. Sí, em sento transformada.

—I aquesta transformació? Com ha estat?

—Em sento diferent. Ja no sóc la Maria poruga de fa unes setmanes. Ara em sento enamorada de tot el que m'envolta. Em fixo en unes coses que abans no era capaç d'apreciar i gaudeixo amb els petits regals que la vida posa al nostre abast a cada instant.

—Sembla que m'estiguis parlant d'il·luminació. Què t'ha passat exactament, filla?

—No m'ha succeït res d'extraordinari, mossèn. Només he deixat de barallar-me amb mi mateixa...

—No ets la primera persona que em parla així després d'haver vist els ulls a la mort.

—Sí, ho entenc. Quan la teva vida penja d'un fil i aconsegueixes sortir-te'n ja res torna a ser igual. Us he de confessar que em feia molta por no tornar a sentirme desitjada per cap home, però ara m'és ben bé igual.

—I puc saber per què?

—Doncs és molt senzill, mossèn Vinyes. Mai no m'havia estimat tant com ara i si no trobo cap home que m'accepti tal com sóc m'és ben igual.

—L'amor cap a un mateix. És molt important el que has après amb aquesta malaltia. Et felicito, Maria. No només estàs vencent el càncer, sinó que en sortiràs més enfortida que mai.

—No ha estat fàcil, mossèn. He passat moments molt dolorosos.

—M'ho crec, filla. Però a poc a poc oblidaràs els mals moments i només recordaràs els bons. I ho faràs amb aquest somriure teu tan meravellós dibuixat al rostre.

—M'he atrevit a mirar cara a cara el dolor que tenia dins meu i després de veure-li el color dels ulls ja no m'espanto de res.

—I puc saber de quin color tenen els ulls les teves pors?

—Són ulls negres i fondos com una nit sense lluna.

—Doncs deixa'm dir-te que la teva mirada és més lluminosa que mai, benvolguda Maria. No sé què has fet amb els teus terrors nocturns, però dubto que et tornin a molestar mai més.

—Gràcies per estar sempre al meu costat, mossèn Vinyes.

—No, Maria, gràcies a tu per ser tan valenta. Has guarit el teu cos, però també t'has permès guarir l'ànima, i això no hi ha medecina capaç d'aconseguir-ho tret de la teva pròpia fortalesa i la teva voluntat.

—Sou un àngel, mossèn Vinyes.

—No, Maria, tu ets el veritable àngel i Déu encara vol que regalis al món el teu somriure per molts anys.

40

PASSIÓ A LA TOSCANA

En Ramon Miserachs s'havia mantingut fidel als seus ideals al llarg de tota la vida. I al seu cercle d'amics més íntims sempre els explicava que la seva decisió de dedicar-se en cos i ànima a la política havia estat madurada molt seriosament al llarg de les mil i una experiències que havia hagut de passar durant la seva existència.

La política era alguna cosa més que una manera de guanyar-se la vida. Ell, que es considerava un home de la vella escola, creia que els polítics de veritat eren persones d'una raça especial. I no és que es cregués millor que ningú. Senzillament tenia clar que no es podia ser polític sense tenir integrats, com a persona, una sèrie de valors que semblaven cada vegada menys comuns.

Fent homenatge al concepte que ell tenia sobre la fidelitat al seu partit, va estar encantat de representar, una vegada més, els ideals del Partit dels Socialistes de Catalunya en unes altres eleccions municipals i el seu rostre va començar a aparèixer, aquí i allà, en uns cartells i unes banderoles que penjaven de cap a cap dels carrers, les avingudes i els passejos de Barcelona.

El taxi que duia la Maria Riera a l'aeroport va pujar pel passeig de Gràcia, i ella va apropar-se encara més a la finestra del cotxe per no perdre's ni un sol detall del seu carrer preferit de la ciutat. Aquí i allà es respirava un ambient festiu i famílies senceres entraven a les botigues i en sortien amb l'alegria reflectida als rostres.

Quan el taxi va aturar-se en un semàfor, els ulls de la Maria van buscar el cel, i allà mateix, com per art de màgia, va trobar-se cara a cara amb el rostre d'una persona que recordava molt bé. La Maria va quedar-se sense respiració, hipnotitzada per una visió que encara no tenia clar si era fruit de la seva imaginació desbordada. La realitat era, però, que havia topat amb un d'aquells cartells electorals en els quals apareixia una fotografia d'en Ramon Miserachs.

No hi havia cap mena de dubte que els anys havien estat generosos amb ell. Encara conservava aquella mirada profunda en la qual tantes vegades s'havia perdut, i un somriure meravellós que semblava que li dediqués a ella. Era com si hagués signat un pacte amb el diable i la seva ànima es mantingués eternament jove i seductora.

La Maria va ser incapaç de pronunciar ni una paraula durant el trajecte a l'aeroport del Prat, i ni tan sols quan l'avió començava a agafar velocitat per enlairar-se en direcció a Itàlia, es va poder treure del cap la imatge del cartell electoral del passeig de Gràcia.

L'avió d'Alitalia va arribar a l'aeroport Amerigo Vespucci de Florència a l'hora prevista. Quan la Maria va veure en Lucca Di Pietro, el reputat pintor italià, de seguida va pensar que les fotografies no li feien justícia en absolut. L'home, amb cabells negres pentinats cap enrere, nas afilat, ulls grans i lluminosos, vestia amb molta classe una combinació de tons foscos i bufanda vermella que ressaltaven misteriosament el seu somriure encisador.

—Maria, sigues benvinguda al meu país. Ja veuràs que t'enamoraràs perdudament de la meva terra.

—Si tots els homes sou iguals de galants que tu, ja pots estar segur que deixaré una part del meu cor en aquest lloc tan especial.

—M'agrada molt que hagis vingut per conèixer personalment la meva obra. Jo sóc dels que pensen que els galeristes haurien de conèixer els estudis dels artistes que volen exposar. Em sembla una demostració de respecte per la persona i pel seu art.

—Has estat molt amable de convidar-me, Lucca. Tan aviat com vam començar a tenir les primeres converses telefòniques i vas parlar-me de la teva casa meravellosa, vaig pensar que no m'ho podia perdre per res del món. Insisteixo, gràcies per convidar-me i gràcies per escollir la meva galeria d'art per exposar les teves pintures a Barcelona.

—M'han parlat molt bé de tu, Maria. M'han dit que ets la millor i la intuïció no fa més que corroborar-m'ho.

Quan el luxós tot terreny va travessar la porta metàl·lica, la Maria va tenir la sensació d'estar entrant en un món de somni i de fantasia. El camí de terra, envoltat a banda i banda per una filera d'arbres majestuosos, ascendia serpentejant cap al cim del turó on s'aixecava, imponent, la casa de pedra on vivia el pintor.

La Toscana era una de les regions més boniques d'Itàlia, i aquella finca rústica tenia tots els elements per convertir-se en la protagonista d'una sèrie infinita de postals. El lloc era senzillament extraordinari, i només baixar del cotxe, la Maria va donar una ullada al seu voltant i va descobrir unes vinyes que s'allargaven fins on arribava la vista.

L'habitació de la galerista era àmplia i diàfana, amb un petit balcó que servia de mirador cap a un dels paisatges més bonics del món sencer.

—T'agrada la cambra que t'he preparat, Maria?

—Sí, Lucca, és realment de somni, com aquest paisatge que ens envolta. És meravellós.

—Has de saber que en aquest paradís només hi deixo entrar poques persones. És el meu oasi particular, una mena de reducte en el qual trobo la pau que necessito per crear les meves obres. La natura és la meva gran font d'inspiració, i aquí sento que tot és possible.

—Realment és un lloc màgic, Lucca. I t'estic molt agraïda per haver-me convidat.

—El mèrit és tot teu, Maria. Si no fossis tan especial pots estar segura que no estaries a la meva habitació de convidats.

—Gràcies, Lucca, ets un encant.

La primera vegada que la Maria i el pintor italià van fer l'amor va ser sota les estrelles.

La Maria sentia que havia estat adormida durant molt de temps, i sense buscar-ho, el seu cos ple de cicatrius va voler recuperar el temps perdut. Va abandonar-se als braços del seu amant i va deixar que li recorregués cada centímetre de la pell i de l'ànima. La Maria se sentia un altre cop desitjada i això la va fer viure una extraordinària aventura carregada de sensualitat, de tendresa i de passió.

Només havien estat uns pocs dies, però la Maria Riera que va aterrar a l'aeroport del Prat era una dona diferent. Feia olor de lavanda, de sol, de vinya, i, per damunt de tot, feia olor de la pell d'un home que l'havia ajudat a recuperar tota la seva seguretat.

—Sabine, no saps les ganes que tenia de parlar amb tu!

—Maria, com ha anat per la Toscana?

—Ha estat un viatge extraordinari, em sento igual que quan vam fer la nostra escapada a Nova York. Ho recordes?

—Com vols que no me'n recordi? Però què vols dir exactament amb això que et sents igual que llavors?

—Doncs que em sento lliure i capaç de tot. A més...

—Maria, et conec com si t'hagués parit. Vols dir-me què ha passat?

—He tingut un *affaire* amb el pintor, Sabine! Me n'he anat al llit amb ell. I saps una cosa? Ha estat absolutament meravellós. Hem begut vi, hem muntat a cavall, hem fet l'amor sota els estels, i s'ha confirmat aquell vell tòpic que està en boca de tothom: els italians són els millors amants d'Europa, des del gran Giacomo Casanova.

—Però això que em dius és fantàstic. I com és ell?

—És un dels homes més guapos que he conegut mai. Sembla un actor de cinema.

—Maria, me n'alegro. Ja tocava una mica de felicitat, no creus?

—Sí, Sabine, però encara hi ha una altra cosa.

—Més bones notícies?

—Sí, Sabine, per mi sí.

—I puc saber què ha passat?

—L'he vist, Sabine, he vist en Ramon...

—Què vols dir? Que us heu trobat, potser?

—No exactament. La seva cara està penjada en centenars de banderoles arreu de la ciutat. És polític i es presenta a les eleccions municipals.

—Vaja, i tu com t'has sentit?

—M'he emocionat, Sabine.

—Només això?

—Bé, no ben bé.

—Llavors?

—Quan vaig veure la seva cara, el cor em va saltar dins del pit.

—Vols dir una mena de salt d'aquells que fa el cor quan s'està enamorada?

—Sí, Sabine, és exactament el que vull dir.

41

ULLERES DE SOL

La Maria no s'ho va pensar gens ni mica i, amb una fermesa i una seguretat que no havia tingut durant anys, va travessar el llindar de la porta del Cafè de l'Òpera i va dirigir-se amb pas ferm i decidit, sense mirar ni a dreta ni a esquerra, cap a la taula que tantes vegades havia compartit amb en Ramon.

Només veure-la entrar, en Jaume la va reconèixer de seguida, i amb una rialla esclatant al seu rostre, va dirigir-se cap a la dona.

—Bona tarda, què prendrà? Un te amb llimona?

—Sí, un te. Però com ho sap?

—Oi que ets la Maria?

—Sí, sóc jo. Però, espera un moment. Jaume?

—Han passat molts anys, Maria, però tan aviat com has entrat t'he conegut de seguida.

—Jaume, quina il·lusió veure que encara treballes en aquest lloc. Com et va la vida?

—Tot bé, Maria. Sóc un home de costums fixos, ja ho veus. I tu, com et tracta la vida?

—No cal que t'ho expliqui, Jaume. A la vida de les

persones hi ha moments que són de tots colors. No em puc queixar, treballo de galerista i això em permet viatjar arreu del món mirant de trobar artistes amb talent.

—I t'has casat, potser?

—Vaig casar-me fa uns anys, però allò no va acabar de funcionar i vam decidir separar-nos. I amb el temps vaig adonar-me que, per damunt de moltes coses, valoro la meva llibertat. Val més estar sol que mal acompanyat, ja coneixes la dita.

—Sí, ja t'entenc.

—Escolta'm, Jaume. Ha tornat a venir alguna vegada en Ramon? El recordes, veritat? Era el meu xicot just en l'època en què veníem dia sí, dia també.

—Doncs mira quina casualitat, Maria. Fa encara no un mes que va aparèixer una tarda i va fer exactament el mateix que estàs fent tu ara.

—Què vols dir?

—Doncs que va entrar i va venir directament a seure a aquesta mateixa taula.

—Ho dius de veritat, Jaume?

—Sí, i tant.

—I et va dir res?

—Sí, també vam estar parlant de la vida. Ell ja fa una pila d'anys que es dedica a la política. Ho sabies?

—Doncs la veritat és que vaig assabentar-me'n quan vaig veure la seva cara en una banderola al passeig de Gràcia.

—Doncs sí, és així, Maria. Però saps el més curiós de tot?

—No.

—Doncs que en Ramon també va preguntar-me si sabia res de tu.

La Maria va sortir del Cafè de l'Òpera tremolant i, encara que hi havia alguna cosa dins seu que es resistia, el que no podia negar era que tornava a sentir aquelles pessigolles que semblaven entossudir-se a aparèixer cada vegada que li venia al cap en Ramon.

Finalment no van saber viure l'un sense l'altre, i poc temps després que la Júlia morís, en Joan Riera va caure fulminat per un infart del qual mai no es va recuperar. Era evident a ulls de tothom que aquell havia estat un matrimoni en què l'amor havia brillat per la seva absència, però la realitat també s'entossudia a ensenyar que sovint l'amor no és el combustible que utilitzen les parelles per compartir tota una vida. Dependència, por, interès, uns valors que, en definitiva, havien servit per mantenir unides dues persones molt diferents.

La cerimònia es va celebrar a la capella del tanatori de Collserola, on es van aplegar un bon nombre de familiars i amics del difunt. La Maria, a primera fila, no es va treure les ulleres de sol que li cobrien els ulls durant tota la missa. La gent pensava que era per no mostrar el dolor que sentia per la pèrdua del seu pare, però la veritat era ben diferent. La galerista no volia despullar la mirada davant del seu pare perquè, d'alguna manera, pensava que aquell home no es mereixia ni una sola de les seves llàgrimes.

Després de l'enterrament, en Pere, el seu exmarit, se li va oferir per acompanyar-la fins a casa. I a la Maria no li va sorprendre trobar-se al cotxe en Ricard.

—Maria, no he entrat a la capella per respectar la intimitat de l'acte, però he volgut acompanyar en Pere per donar-te el meu condol.

—Moltes gràcies, Ricard. La vida és ben estranya. No trobes?

—Per què ho dius, Maria?

—Doncs perquè fa uns quants anys t'hauria escanyat, i ara, en canvi, no saps fins a quin punt agraeixo que siguis tan valent.

—Valent, dius?

—Sí, Ricard, ets un home valent. De fet, tots dos ho sou, tu i en Pere.

—I per què ho dius, això?

—Ho dic perquè cal tenir molta valentia per fer el que esteu fent. Véns a l'enterrament del meu pare acompanyant el meu exmarit.

—Sí, volia estar amb en Pere, però, tal com t'he dit, també volia donar-te el meu condol.

—Doncs t'ho agraeixo molt.

—Maria, ja sé que no és el millor moment, però hi ha una cosa més que tinc ganes de fer des de fa molts anys.

—I doncs? De què es tracta?

—Fa molt de temps que tinc ganes de mirar-te als ulls i demanar-te perdó.

—Perdó? I per què m'has de demandar perdó, Ricard?

—Doncs vull demanar-te perdó per tot el patiment que t'he provocat. Jo mai no t'he volgut fer mal, Maria. He estimat, estimo i sempre estimaré en Pere. Si t'he fet mal en algun moment, has de saber que mai no ho vaig fer volent. Senzillament no sabia fer les coses millor. I tenia por, molta por...

—Ets un home extraordinari, Ricard. I estic convençuda que no hi ha cap altra persona al món capaç de fer més feliç en Pere.

L'oftalmòleg no havia dit ni una paraula, tot i que havia escoltat amb molta atenció la conversa que havia tingut lloc en aquell cotxe que travessava els carrers d'una Barcelona que ja tenia ganes d'anar a dormir. En arribar al primer lloc segur on va poder aturar el cotxe, el conductor va aparcar el cotxe i va demanar a la Maria i a en Ricard que baixessin. En Pere, en silenci, va abraçar-se tendrament a la seva exdona i a l'home de la seva vida.

—Us estimo tant que el dia que falti un de vosaltres dos, la meva vida ja no tindrà sentit. I voldré morir de seguida, amb l'únic desig de reunir-me amb vosaltres.

42

CARTES ROBADES

La Maria, després de la mort dels seu pares, va inventar-se mil i una excuses per no tornar a l'àtic de la rambla de Catalunya i haver d'enfrontar-se als seus fantasmes. Però quan finalment va decidir-se, només d'obrir la porta va sentir que viatjava molts anys enrere, quan ella només era una nena de mirada curiosa i corria amunt i avall d'aquell passadís on tantes vegades havia jugat.

La melangia de seguida va posseir-li l'ànima, i amb els ulls plens de llàgrimes, va recórrer molt lentament aquell pis mentre les emocions se li disparaven en una direcció o altra a mesura que acariciava alguns dels objectes que l'havien acompanyat al llarg de la vida.

Els mobles estaven tapats amb uns llençols blancs com la neu, que amb el temps havien acumulat la pols que es fa a les cases on ja no hi ha les rialles dels nens. I quan la Maria va apujar les persianes, va contemplar com el sol inundava de vida aquella casa trista i buida. «El sol és la vida», va dir-se la Maria mentre passejava pel menjador abans de dirigir-se a l'habitació que l'havia vist fer-se dona. Tan aviat com va entrar a la cambra que durant molts anys havia estat el centre del seu univers, va estirar-se al llit i va tancar els ulls mentre respirava profundament, sense perdre's ni una sola de les subtils sensacions que l'acompanyaven en aquell moment.

La Maria se sentia segura, com si per uns instants hagués tornat al ventre de la seva mare, un lloc on sabia que no li podria passar res dolent. I mentre dibuixava un somriure carregat de tendresa i recordava la seva mare explicant-li els seus contes preferits abans d'anar a dormir, va caure rendida en un son dolç i profund.

Quan la galerista es va despertar, havia començat a caure la tarda i el sol s'amagava darrere dels edificis veïns. Molt a poc a poc, va aixecar-se, va anar al bany a rentar-se la cara, i amb l'ànim més serè va continuar passejant per la casa. En tornar al passadís, va sentir-se atreta irremeiablement cap a la porta darrere la qual s'amagava l'habitació dels mals endreços, un territori prohibit que se li havia vetat durant anys.

Amb el pols ben ferm, va girar la maneta i lentament va obrir la porta mentre una intensa olor d'humitat se li ficava al nas i la feia esternudar.

En obrir el llum, va contemplar en primer terme el vell armari heretat dels avis, que semblava presidir la petita habitació, i, per primera vegada en molt de temps, va decidir obrir-lo, calaix per calaix. Les velles jaquetes de pell enfosquida pel pas dels anys compartien espai amb quadres i figures de porcellana embolicades amb paper de diari i amb vells àlbums de fotografies mig descolorides.

Quan la Maria va trobar el plec de cartes velles i groguenques, de seguida va saber que havia descobert un gran tresor, i subjectant-les amb la mà, va tancar el llum i va tornar al menjador.

La Maria va asseure's a terra, al damunt del parquet del menjador, i va començar a remenar les fotografies, entre rialles sinceres i també alguna llàgrima furtiva d'emoció. Després de passar una bona estona recordant vells temps, va deixar de banda l'àlbum de fotografies i va dedicar tot el seu interès a llegir el contingut d'aquell munt de cartes que estaven lligades amb una cinta de color vermell. D'entrada li va costar entendre la lletra, però tan aviat com va comprendre que el destinatari de totes aquelles cartes era ella mateixa, va sentir que el cor li sortia del pit. Aquelles paraules les havia escrit en Ramon.

Diuen que a la vida de les persones sempre succeeix algun fet extraordinari que marca la resta dels seus dies, i, en el cas de la Maria, descobrir que en Ramon l'havia escrit durant anys sense que ella ho sabés, va suposar una veritable revelació que la va fer estremir de cap a peus.

L'abast del seu descobriment va ser inimaginable, i mentre maleïa una vegada i una altra la pell del seu pare per haver-li ocultat aquell veritable tresor, reia i plorava alhora mentre sentia una onada d'escalfor que s'estenia arreu del seu cos. No hi havia cap dubte. La realitat era incontestable i, encara que li costés de creure, en Ramon no havia deixat d'escriure-li ni una sola setmana durant anys. Tot estava allà, la prova definitiva que el seu era un amor que mai no havia deixat d'existir. Tot i els esforços del senyor Riera per allunyar-los per sempre més l'un de l'altre.

La Maria va sentir que li mancava l'aire, i amb una sensació d'ofec cada vegada més intensa, va recollir les cartes, les va desar en una bossa i va sortir escopetejada d'aquella casa com una ànima que persegueix el diable.

Una estona més tard, en la seguretat de la seva pròpia llar, la Maria llegia una per una totes aquelles cartes carregades de sentiments. I d'entre totes aquelles paraules d'amor que ella mai no havia pogut conèixer, va esgarrifar-la, per damunt de tot, descobrir el veritable motiu que havia provocat que en Ramon s'allunyés. Mai no havia deixat d'estimar-la i mai no havia deixat de tenir-la present en els seus pensaments.

> *Maria, amor, sé que a hores d'ara deus estar pensant que sóc l'ésser més menyspreable del món, però si t'escric és per explicar-te la veritat. Res no és el que sembla, i ni és veritat que jo estigui fora d'Espanya, ni molt menys que ja no t'estimi. Les*

circumstàncies que em toca viure són estranyes. La trucada de l'altre dia va ser feta sota amenaces de mort. Sí, Maria, el comissari García, l'amic del teu pare, m'apuntava amb una arma i m'amenaçava de matar-me allà mateix i matar la meva mare si no feia tot el que em deia.

No entenc res, amor, primer em pensava que era una broma de mal gust per fer-nos agafar por a mi i a en Lluís, però quan aquells policies van anar a buscar-nos a casa tot estava ja planejat. Van dur-nos a la comissaria de Via Laietana i allà mateix, als soterranis, van torturar-nos a mi i al meu germà. I a ell l'han mort, Maria. El meu germà és mort i jo no trobo cap sentit a tota aquesta bogeria...

A mesura que la Maria s'anava endinsant en la història, la indignació i la frustració van fer-se més evidents. En Ramon havia estat pres a la presó Model de Barcelona, i des d'allà mai no va deixar d'estimar-la. Li parlava del seu dia a dia, d'una quotidianitat que a la dona, tot i la duresa, li semblava tendra i plena d'aquella manera de ser tan especial del seu gran amor. Li va agradar conèixer el vell Marcel a través de les paraules d'en Ramon, i també li va agradar saber que no havia deixat mai de sentir-la al seu costat. Sobretot durant aquelles nits fosques en què els malsons i la frustració amenaçaven en Ramon d'empassar-se'l i dur-lo a un forat negre del qual segurament mai més no podria tornar a sortir.

Quan els primers rajos de sol del nou dia van començar a entrar per les finestres del menjador de casa de la Maria, ella tot just acabava de llegir la darrera de les cartes que li havia escrit en Ramon. I amb una tristor infinita va cridar, desesperada, en fer-se seu el dolor de qui, sense cap mena de dubte, continuava sent l'únic i el gran amor de la seva vida.

Descobrir que en Ramon mai no l'havia oblidat va ser la millor medecina per tota una vida viscuda amb el cor ferit.

I tal com havia fet tants anys enrere, la Maria va comprar una rosa vermella, la més bonica i aromàtica de totes, i la va deixar surar delicadament a l'estany del parc de la Ciutadella, mentre sentia que alguna cosa se li revifava a dins.

43

UNA VISITA INESPERADA

Des de feia uns quants dies, la Gemma, la mare d'en Ramon, tornava a tenir una sensació que ja coneixia. Feia temps que no li passava, però aquella subtil fragància de flor de llessamí havia tornat a aparèixer al replà de casa seva. I un cop més, l'olor només era el subtil rastre d'una presència que no gosava donar la cara.

La dona sempre havia tingut una intuïció molt clara respecte a aquell fenomen que molts haurien pogut arribar a titllar de sobrenatural. La realitat va ser, però, que quan va sentir el timbre de la porta, mai no s'hauria imaginat el que estava a punt de succeir. I per molt misteriós que semblés, en el fons del seu cor sempre havia estat esperant aquell moment.

Abans de fer girar les claus i obrir la porta, la Gemma es va aturar, va tancar els ulls i va deixar-se endur per aquella onada de perfum que semblava traspassar-li la pell. Amb l'ànim decidit, va obrir, disposada a descobrir, d'una vegada, la persona responsable d'aquella mena de joc del gat i la rata.

—Bona tarda, senyora.

—Sí, filla, puc ajudar-te en alguna cosa?

—Doncs la veritat és que no ho sé. De fet, si li sóc sincera, encara no sé què estic fent aquí. Però no em reconeix?

—Doncs no, però reconec el teu perfum de flor de llessamí.

—De veritat?

—Sí, l'he sentit diverses vegades al llarg dels anys. Oi que aquesta no és la primera vegada que véns a casa?

—No, no és la primera vegada.

—I puc preguntar-te per què t'has quedat sempre al replà sense donar-te a conèixer?

—No vaig fer-ho per por.

—I de què tenies por, Maria?

—Ja m'has conegut, Gemma?

—Sí, bonica. Sempre he tingut la intuïció que més tard o més d'hora acabaries venint a casa.

—De veritat? I com ho podies saber?

—És molt senzill. Una història d'amor que no s'acaba tal com s'ha d'acabar sempre manté enceses unes brases que poden trigar anys a consumir-se del tot. I en el vostre cas, crec que sota les cendres que ha anat dipositant el temps, encara hi ha un foc ben viu que pot ser que esperi el moment oportú per tornar a despertar.

La casa de la Gemma era una mena de museu dedicat a la memòria del seu espòs i del seu fill, ambdós assassinats per uns homes que es pensaven que estaven per damunt del bé i del mal.

La Maria va recórrer la casa amb molt de respecte i, quan va arribar al moble del menjador, va quedar-se de pedra en reconèixer unes fotografies en les quals apareixia ella agafada de la mà d'en Ramon. De sobte, des d'aquell pis del barri de Gràcia de Barcelona, la galerista va viatjar molts anys enrere i va tornar a veure's capbussant-se en les transparents aigües de les platges de Begur, acompanyada pel seu amor.

Quan la Gemma li va preguntar si li venia de gust prendre's un cafè, la Maria va tornar al present amb els ulls mig tancats i el regust d'uns petons amb sabor de sal.

—Hauria d'haver vingut molt abans, Gemma, però durant anys, després de l'estranya trucada que em va fer en Ramon, vaig pensar que havia deixat d'estimar-me.

—El dia que el meu fill va trucar-te, no era ell qui et parlava.

—Ja ho sé, Gemma. Ara ja sé tota la veritat. Sé que en Ramon va rebre amenaces de mort, i també sé que en Lluís va morir torturat a la comissaria de Via Laietana.

—Quina vida més trista, Maria. En Ramon ha patit molt. Però com és que ho saps tot això? Qui t'ho ha dit?

—En Ramon em va escriure cada setmana durant anys. Ho sabies?

—Sí, i tant, però tu mai no li vas contestar. I em consta que et va enviar centenars de cartes.

—Mai les vaig rebre, Gemma. El meu pare i el seu amic, el comissari García, les interceptaven abans que m'arribessin. Fa pocs dies les vaig descobrir totes, curosament guardades al calaix d'un vell armari de casa dels meus pares.

—Quina llàstima, filla. Però contesta'm a una pregunta: encara estimes el meu fill, oi?

—Mai l'he deixat d'estimar, Gemma.

—Ja m'ho pensava. Saps que ell mai no s'ha casat?

—No, no ho sabia.

—En Ramon mai va apostar per cap relació per una raó molt senzilla. Sempre ha viscut amb el teu record dins del cor.

—De veritat?

—Sí, Maria, el meu fill sempre m'ha repetit el mateix al llarg de tots aquests anys: «Cap dona mai estarà a l'altura de la Maria. El seu lloc només és d'ella».

Quan en Ramon va telefonar a la seva mare per saber com li havia anat el dia, de seguida li va notar alguna cosa especial al to de veu que va fer-lo remoure's, belluguet, a la cadira del despatx.

—Mare, estàs bé?

—Sí, fill, sí. Però t'he de confessar que avui ha estat un dels dies més feliços de la meva vida.

—I doncs? Què ha passat?

—Estic contenta perquè per fi he resolt un misteri que m'ha acompanyat al llarg de molts anys.

—Caram, mare, dius que avui has resolt un misteri? I quin és?

—Doncs avui, per fi, he pogut posar cara a un perfum.

—No t'entenc.

—Recordes que de vegades t'he comentat que al replà de casa hi havia estat algú amb un perfum de flor de llessamí boníssim?

—Sí, és clar.

—Doncs ara ja sé que no era fruit de la meva imaginació. Aquesta tarda mateix han trucat a la porta i quan he obert m'he endut una de les millors sorpreses de la meva vida.

—Mare, per favor, pots deixar de fer-te la misteriosa amb mi?

—Ramon, fill, aquesta tarda he tingut una visita molt especial.

—Molt bé, mare, però vols dir-me d'una vegada qui t'ha vingut a veure?

—Mira, fill, he estat tota la tarda amb la Maria Riera. I saps? No hem deixat de parlar de tu en cap moment...

—No m'ho puc creure. M'estàs prenent el pèl, oi?

—Jo no sóc capaç de jugar amb una cosa com aquesta, Ramon.

—Però, no entenc res. Com és que ha vingut?

—És fàcil, fill, la Maria ha vingut perquè mai no t'ha oblidat.

—Però això que dius no té cap sentit. Tu saps que li vaig escriure centenars de cartes i en tots aquells anys mai no vaig rebre ni una resposta. No creus que aquesta manera de fer ja diu moltes coses d'ella?

—Vas errat, Ramon. Si la Maria no va contestar-te cap de les teves cartes, va ser per una raó.

—I puc saber què va passar?

—La Maria no podia contestar-te perquè mai no va llegir les cartes. El seu pare, en Joan Riera, i el seu amic, el comissari García, les interceptaven totes. Perquè ens entenguem, mai no van permetre que ella sabés res de tu. Fins fa poc, la Maria no ha sabut que tu vas passar tota aquella pila d'anys a la presó. Es pensava, tal com tu mateix li vas dir, que havies marxat amb en Lluís fora d'Espanya. I encara hi ha una altra cosa que hauries de saber.

—Més coses, mare? Crec que ja he cobert la meva capacitat de sorprendre'm per avui.

—Doncs és important que m'escoltis amb atenció.

—Tu diràs, mare, però ja no em sento ni les cames.

—Doncs a veure si això et fa tornar a sentir el cor: la Maria mai no t'ha deixat d'estimar.

—Però això, com ho saps?

—És obvi, fill, ho sé perquè m'ho acaba de dir ella mateixa encara no fa ni una hora.

44

EL SUÏCIDI

El suïcidi d'en Pere Camacho, l'exmarit de la Maria Riera, va ser una notícia destacada en molts mitjans de comunicació. Tant la premsa escrita, com la ràdio i fins i tot la televisió van fer-se ressò de la mort d'un dels membres més destacats de la burgesia catalana en unes circumstàncies força estranyes. Segons explicaven, la minyona havia trobat el cos de l'home dins de la banyera de casa, amb les venes tallades i envoltat d'ampolles del més exclusiu xampany francès. Un cop els policies van descartar que hagués estat una mort violenta, totes les investigacions van apuntar que havia estat d'una decisió voluntària. Ningú, tret d'ell, coneixeria els veritables motius que l'havien abocat a prendre una decisió com aquella. Almenys era el que tothom pensava.

Quan la Maria va obrir la bústia de casa i va descobrir el sobre manuscrit que li havia enviat en Pere, va posar-se contenta en pensar que el seu exmarit, convertit des de feia anys en un dels seus millors amics, volia sorprendre-la d'alguna manera. Però de seguida va canviar la cara d'il·lusió i de curiositat per un rostre molt més dur i seriós, carregat d'una pena i d'una tristor infinites, quan va encendre la ràdio del cotxe i la locutora va començar a donar més detalls sobre la troballa del cos sense vida de l'home.

Incapaç de conduir, la galerista va mirar-se, incrèdula, el sobre que aguantava entre les seves mans tremoloses. Lentament va obrir-lo per un dels extrems. El foli també estava escrit a mà i la Maria, tot i l'estranyesa del moment, no va poder evitar dibuixar un somriure a la seva boca en reconèixer aquella lletra rodona i clara, més pròpia d'un artista que no pas d'un metge. Amb un gest precís, va treure la funda de les ulleres que guardava a la guantera i va penjar-se-les del coll mentre desplegava la carta.

Abans de començar a llegir-la, la Maria va tancar els ulls i va inspirar molt profundament, conscient de la importància del moment. El cos li tremolava de dalt a baix, i mentre s'esforçava a enfocar la vista cap a aquell paper carregat d'una veritat que no estava segura de voler conèixer, va començar a llegir molt a poc a poc.

Maria,

Recordes el que vaig dir-vos a tu i a en Ricard el dia que vam enterrar el teu pare? Doncs és una de les poques veritats absolutes que he cregut en tota la vida. Ho recordes, oi? Vaig dir-vos que us estimava tant que el dia que em faltés un de vosaltres dos, la meva vida ja no tindria cap sentit. I voldria morir-me de seguida, amb l'únic desig de reunir-me amb vosaltres.

Ha arribat el moment, Maria. No vaig voler dir-t'ho per no espantar-te, però en Ricard va deixar-nos fa només uns quants dies víctima d'un càncer fulminant. Els metges ni tan sols van voler que es quedés ingressat a l'hospital, i després de coordinar una sèrie de visites de control amb una infermera, vam quedar que me l'enduria a casa tot esperant el fatal desenllaç. Jo mai no m'hauria pensat que fos possible estimar tant algú, i durant els seus darrers instants de vida, vam gaudir com mai l'un de l'altre, entre carícies i mirades carregades de tendresa i d'amor vertader.

Sé que quan sàpigues que voluntàriament decideixo anar a reunir-me amb ell i posar fi a la meva vida no m'ho perdonaràs mai. Però mira d'entendre'm, preciosa, i alegra't per mi perquè aquesta és una de les decisions més importants i conseqüents de tota la meva vida. En cap moment vull que pensis que llanço la tovallola, ben al contrari. Marxo feliç i satisfet d'haver conegut persones tan impressionants com tu, la meva confident més íntima i la meva amiga de l'ànima.

Cuida el nois, cuida't tu i sigues generosa amb la vida i amb tu mateixa. Ens dóna moltes més coses de les que ens pensem i crec que, en algun lloc, t'està esperant la persona que et farà la dona més feliç del món. Jo no vull que aquesta carta es converteixi en un comiat fred i trist. Ben al contrari, et demano que tan aviat com llegeixis aquestes paraules em dediquis un dels teus millors somriures. Sempre estaré amb tu, Maria, però ara he de marxar. Ja saps que en Ricard, sigui on sigui, deu sentir-se sol i desemparat sense mi, de la mateixa manera que m'hi sento jo.

Vaig estimar-te ahir, t'estimo avui i t'estimaré sempre, no ho oblidis mai.

Amb tot el meu cor m'acomiado de tu i et dic fins després...

EL TEU PERE

Quan en Ramon va sentir la notícia de la mort d'en Pere Camacho per la ràdio, de seguida va apujar el volum de l'aparell per no perdre cap detall. I quan va sentir que una unitat mòbil s'havia desplaçat fins a la galeria d'art de la seva exdona per conèixer la seva opinió, en Ramon va aguantar la respiració mentre escoltava la Maria pronunciar-se respecte del fet. La galerista va despatxar el locutor amb un lacònic «No faré cap mena de declaració». Només havia estat una frase senzilla i breu, però a en Ramon li va quedar gravada amb foc al seu cervell mentre el cor se li tornava a embalar com quan era un adolescent carregat de somnis i d'il·lusions. Mai no havia dubtat del poder que tenen les paraules que diem, però també les que callem. I aquell n'havia estat un bon exemple.

Cada paraula pronunciada per la Maria li havia fet recordar diferents moments dels molts que havien viscut junts, i mentre li tornava al cap la conversa telefònica que havia tingut amb la seva mare, en Ramon sentia una força dins seu que creixia a cada instant com una tempesta que amenaçava d'endur-se per sempre més qualsevol rastre de seny. No hi havia cap mena de dubte. Alguna cosa havia reviscut amb força al seu interior.

La Maria no es va treure les ulleres de sol a l'enterrament d'en Pere. I aquesta vegada sí, a diferència de quan va donar sepultura al seu pare, va ser perquè no volia que ningú li veiés els ulls tristos i plorosos. Havia provat de fer el que li havia demanat el seu exmarit, però el somriure només el va poder aguantar durant uns segons abans que un plor desconsolat l'estremís sense contemplacions.

Aquell dia, després de la cerimònia, ningú no va acompanyar-la a casa. I va trobar a faltar com mai la presència de l'únic home que li havia aportat pau i serenitat al llarg de tota la seva vida: en Ramon Miserachs.

En arribar a casa, la Maria va desfogar-se amb la Sabine, i de seguida va marcar el número de telèfon de la seva amiga de París.

—Cada vegada em queda menys gent, Sabine. Si marxessis tu ja no sabria què fer.

—Maria, per favor, ja sé que estàs molt afectada per la mort d'en Pere, però et demano sisplau que siguis forta i no et deixis endur pel desencís.

—Però el que et dic és veritat, Sabine. Sembla que tota la gent que m'estimo, d'una manera o d'una altra acaba desapareixent de la meva vida quan més els necessito. I cada vegada em sento més i més sola.

—I puc saber què esperes per deixar de sentir-te sola?

—Què vols dir?

—Doncs que no entenc per què no corres a buscar en Ramon d'una vegada. No tens la sensació d'estar jugant al gat i a la rata amb ell?

—Mai no he jugat, ni amb ell ni amb ningú.

—Doncs saps què et dic, que segurament el que més et cal a la vida ara mateix és jugar molt i recuperar la il·lusió que sempre has tingut per fer coses. I m'és igual si és amb en Ramon o amb un altre, però et demano que surtis ara mateix al carrer i t'enamoris perdudament d'un home que et faci volar ben alt.

—Però, Sabine, aquest no és el meu problema.

—Què vols dir?

—Doncs que jo ja tinc molt clar que estic enamorada.

—Llavors? A què esperes a viure el teu amor? En lloc de plorar per la mort d'en Pere i d'en Ricard, el que has de fer és aprendre del seu exemple, deixar de perdre el temps i llançar-te d'una vegada als braços d'en Ramon.

45

SERRAT AL PALAU

Quan la Maria va travessar la gran porta giratòria d'aquell recinte modernista consagrat a la música, va tornar a tenir la sensació que entrava en un món molt diferent del que vivia en el seu dia a dia. Va pujar, graó a graó, la majestuosa escalinata de marbre, va alçar la mirada per contemplar embadalida aquell magnífic vitrall d'Antoni Rigalt que feia de sostre, i va travessar el pati de butaques fins a trobar el seu seient.

Aquella màgica nit del mes de febrer de l'any 2009, en plena commemoració del centenari del Palau de la Música, estava a punt de celebrar-se un concert molt especial a càrrec de Joan Manuel Serrat. L'artista recordava el seu primer concert en aquell mateix escenari l'any 1967, en el qual una jove i somiadora Maria Riera havia interpretat una bonica i dolça cançó de bressol.

Des de la fila set de platea, la Maria tornava a gaudir de totes aquelles escultures, belles muses de ceràmica que envoltaven l'escenari i que semblaven formar part d'un cor de veus celestials. Sense pensar-s'ho dues vegades, va tancar els ulls i va deixar-se endur suaument per la melodia que tot just començava a taral·lejar un dels músics que estava acabant d'afinar el seu instrument.

El concert estava a punt de començar, i des de la llotja, amb la mateixa actitud expectant i emocionada de la Maria, el regidor de l'Ajuntament, en Ramon Miserachs, també esperava que el Noi del Poble-sec comencés la seva actuació.

En Ramon va sentir-se una altra vegada adolescent, i inconscientment va xiuxiuejar la melodia que assajaven a l'escenari. L'home no va poder evitar que li vingués al cap aquell vespre del mes d'abril de l'any 1967, quan el seu germà Lluís afinava la guitarra en aquell mateix escenari. Tot li resultava estrany i confús, perquè, per un instant, quan algú del públic va començar a cridar consignes independentistes que van ser aplaudides per una bona part dels assistents, no va tenir clar si havia fet un salt al passat o si continuava vivint en el present.

Quan en Joan Manuel Serrat va sortir a l'escenari, el Palau sencer va embogir. Tothom, sense excepció, va rebre al cantant dempeus i amb un gran aplaudiment que va allargar-se fins que van sonar els primers acords de la guitarra. I allà on només uns instants abans se sentien els crits espontanis d'ànims i de felicitacions, va fer-se un silenci absolut que només va trencar-se amb les estrofes de poemes i cançons que ja s'havien convertit en universals. Era un concert multitudinari, però entre el públic hi havia dues persones que s'ho miraven i ho vivien d'una manera especial, com si aquell concert fos fet expressament per a elles. Tot i la seva actitud aparentment relaxada, en Ramon i la Maria es buscaven l'un a l'altra amb totes les seves forces. Tal com ho havien fet, al llarg de pràcticament tota una vida.

Mentre les cançons se succeïen l'una darrere l'altra, la Maria Riera va tenir la sensació d'estar fent un repàs a la seva pròpia vida. I mentre escoltava aquelles lletres meravelloses, li van venir al cap les experiències i les persones que, per bé o per mal, l'havien marcat durant aquells gairebé cinquanta anys. Amb el temps havia après a no deixar mai de fer les coses que més l'omplien, però dins seu també hi havia el record dolorós de coses inacabades i d'històries no viscudes.

El primer que li va venir al cap va ser la turmentosa relació amb el seu pare. Encara ara li costava decidir si en Joan Riera havia estat un bon mestre de vida o un mal mestre, però del que no tenia cap dubte era que la manera com les havia tractat, a ella i a la seva mare, era, senzillament, imperdonable. El seu posat autoritari i tirànic era el reflex més fosc i desagradable de tota una manera arcaica i misògina d'entendre l'educació. Va ser un botxí, en Joan Riera? O senzillament era una persona feble i insegura que vivia envoltada de fantasmes? A hores d'ara ja no importava, la Maria recordava la figura del seu pare com algú que devia haver patit molt al llarg de la seva vida.

La segona persona en qui va pensar amb intensitat la Maria va ser en Pere Camacho. De seguida va tenir clar que el fet de casar-se amb ell, separar-se'n, i descobrir-se després com a amics de l'ànima, havia estat un dels regals més preuats de la seva vida. Mentre el concert avançava, la Maria va pensar en aquell dia en què el seu pare va organitzar la trobada a la vora del Turó Parc. Ella sabia que no s'havia casat enamorada, però van acabar compartint un bon grapat d'anys com a marit i muller. La seva història d'amor era impossible viure-la des dels sagraments del matrimoni, però, en canvi, era una gran oportunitat de créixer com a persones, ja que la relació s'havia basat en l'acceptació més incondicional de les seves eleccions més íntimes. No va ser fàcil digerir la notícia que el seu marit era homosexual, però un cop va agafar distància de les emocions i va acceptar el pare dels seus fills tal com era, la seva relació va transformar-se en quelcom lluminós, profund i carregat d'una mena d'amor molt difícil de trobar, perquè és, senzillament, incondicional.

Però la gran pena que havia acompanyat la Maria al llarg de tota la seva vida tenia un nom propi: Ramon. Ell representava com ningú l'expressió que parla de l'enyorança que sentim les persones respecte de tot allò que desitgem i no fem realitat. La Maria i en Ramon eren un exemple de complementarietat, respecte infinit l'un per l'altre i amor vertader. Però ells també van conèixer de primera mà el regust amarg de la impotència que se sent quan alguns fils invisibles s'entossudeixen a escriure el destí de les persones més enllà de la seva voluntat. La Maria continuava sentint la presència d'un enorme forat negre a l'altura del cor que no li havia permès estimar cap altre home de la mateixa manera que havia estimat en Ramon. I ara, passats tants anys, què podia fer? Recuperar el temps perdut semblava una tasca sense sentit, tot i la insistència de la Sabine i del mateix Pere, que sempre l'havien animat a no renunciar als seus desitjos i anhels més profunds.

En Ramon Miserachs gaudia dels acords d'una guitarra espanyola que, des del bell mig de l'escenari, parlava un idioma universal que convidava a somriure, i de la mateixa manera com feia la Maria uns metres més enllà, ell també va viure el concert d'en Joan Manuel Serrat com si es tractés d'un àlbum de records sonors de la seva vida.

Quaranta anys enrere, en Ramon havia acompanyat el seu germà a aquell concert protagonitzat per membres de la Nova Cançó, i com el guitarrista que tocava el seu instrument en directe al Palau, en Lluís també havia fet parlar la seva guitarra amb una delicadesa que, en recordar-ho, encara el feia estremir. Li agradava recordar aquella citació carregada de veritats que deia «no està escrit enlloc que la vida hagi de ser justa», però en Ramon també tenia clar que una cosa era la justícia i una de ben diferent la tragèdia que havia posat fi a la vida del seu germà.

Els malsons i les cicatrius li recordaven que el seu passat havia estat ple d'ombres i de patiment, però la vida també li havia ensenyat que era possible trobar veritables àngels del cel. El vell Marcel li havia fet de pare, de mare i també del germà que havia perdut enmig de terribles tortures als soterranis de la comissaria de Via Laietana. Però, per damunt de tot, li havia ensenyat a trobar la pau.

L'amor era la seva gran assignatura pendent i, tot i que feia anys que havia renunciat a viure'l per por, cada vegada que pensava en la Maria notava que alguna cosa se li removia a dins. Era com si el seu cap i les seves emocions s'enfrontessin constantment en una lluita que mai no tenia un vencedor clar. Mai no havia volgut casar-se, ni tan sols començar cap relació pel record punyent del seu gran amor perdut. I amb aquest estira-i-arronsa intern, els anys havien passat més ràpid del que hauria desitjat. La vida és una carrera de fons en la qual tenen cabuda tota mena de fets i de circumstàncies, d'alegries i de penes, però quan un decideix renunciar a l'amor, o bé s'enganya o bé és un mort en vida. I a en Ramon, li agradés reconeixe-ho o no, encara li bullia la sang cada vegada que recordava els petons amb gust de sal que es feia amb la Maria.

46

TORNAR A COMENÇAR

En la segona tanda de bisos, Joan Manuel Serrat, tot just abans d'acabar el concert i com a cançó final, va entonar «Paraules d'amor», fidel al que ja era una tradició. I enmig d'aquell ambient de festa i de celebració, en Ramon, de sobte, va adonar-se que, unes quantes files més avall, algú molt semblant a la Maria escoltava amb els ulls tancats. Mentre aguantava la respiració, en Ramon va incorporar-se lleugerament i va fixar la vista en aquella dona que a poc a poc semblava rejovenir.

No hi havia cap mena de dubte, i a mesura que es convencia que aquella no era cap aparició fruit de la seva desfermada imaginació, sinó que la dona era de carn i ossos, no va poder evitar d'agitar-se al seu seient mentre el cor se li embalava.

Atordit, en Ramon va ser incapaç de concentrar-se més en l'artista que entonava els acords del que havia estat la cançó més important de la seva vida, i de sobte va sentir que dins seu es despertava un vell monstre adormit durant temps. El drac del dubte va aparèixer amb una força imparable i, amb el cos paralitzat per la tensió, va iniciar un diàleg eternament ajornat entre el seu cor i el seu cap.

La cançó de Serrat estava carregada d'incertesa i de misteri, com l'amor entre en Ramon i la Maria, i mentre s'encavalcaven els darrers versos, en Ramon repetia mentalment l'estrofa en la qual es deia que «ella qui sap on és, ella qui sap on para, la vaig perdre i mai més no he tornat a trobar-la...».

Ara, per fi havia tornat a trobar-la, i per estrany que semblés, tot i el somriure carregat de tendresa que dibuixava al seu rostre, i les ganes que tenia d'aixecar-se i córrer a buscar-la, una veu interior molt poderosa l'aturava.

Només ho podia entendre des de l'essència mateixa de les persones inconformistes i contradictòries alhora, que els fa desitjar i témer amb la mateixa intensitat les coses que més anhelen. A en Ramon, humà i contradictori com tothom, li semblava que no pagava la pena trencar sota cap circumstància el misteri que sempre havia envoltat aquella meravellosa història d'amor inacabada. I molt lentament es va enfonsar al seient, com si una àncora invisible als ulls volgués evitar que fes alguna cosa de la qual després s'hauria de penedir.

Si vaig a buscar-la, tindré l'oportunitat de recuperar qui sempre ha estat l'amor de la meva vida, però si deixo que marxi i no li dic res, podré seguir vivint de la il·lusió d'alguna cosa que en el seu dia va ser meravellosa. Però, i ara? Ens entendríem igual de bé després de tants anys sense saber res l'un de l'altre?

Alguns diuen que la por és mala consellera. D'altres defensen que els valents només són porucs que decideixen passar a l'acció. Al llarg de la vida, en Ramon Miserachs havia après que les oportunitats perdudes se les endú el vent, i deixant de banda els dubtes, va concentrar-se i va dirigir tots el seus esforços a no fer cas al seu cap i aixecar-se.

El concert s'havia acabat enmig d'una explosió d'aplaudiments i mostres d'admiració cap al cantant, i després d'acomiadar-se ràpidament de les autoritats amb què havia compartit la llotja, en Ramon va seguir en la distància una Maria que es trobava atrapada enmig de la riuada de gent que desfilava cap a la porta.

Uns minuts més tard, quan les cues començaven a desfer-se, en Ramon va avançar la Maria per darrere d'una columna i, després de respirar ben fondo, se li va plantar al davant sense dir ni una sola paraula. Només havia trobat la força necessària per somriure i clavar la mirada en els ulls negres de la Maria que en aquells moments semblaven fondre's d'emoció.

—M'agrada comprovar que duus el mateix perfum de sempre, la teva delicada aroma de flor de llessamí —va dir-li en Ramon, recordant de sobte les mateixes paraules que li havia dedicat quaranta anys enrere en aquell mateix lloc.

—Sí, Ramon. Hi ha coses que mai no canvien per molt que passi el temps.

La Maria i en Ramon van caminar junts i en silenci, i entre somriures nerviosos, mig de timidesa, mig de complicitat, van arribar a les majestuoses escalinates del Palau. En Ramon, armat de valor, va agafar-la delicadament per la cintura, despertant en ella una subtil sensualitat que feia anys que no s'atrevia a sentir. I va ser així que van travessar junts la porta giratòria que els duria fins al carrer.

Deixant-se endur pel moment, van fer quatre passes fins a Via Laietana i van enfilar el carrer Jonqueres amunt. Aquella nit d'hivern, les estrelles brillaven amb intensitat i la lluna es mostrava orgullosa, en tota la seva plenitud, mentre somreia de felicitat en il·luminar el retrobament dels vells amants.

Van arribar a la plaça Urquinaona, i allà mateix, mentre esperaven un taxi, van continuar parlant amb tota la naturalitat del món, com si no hagués passat més d'un dia de la darrera vegada que s'havien vist. Passada una estona, en Ramon va aturar un taxi i van intercanviar-se els números de telèfon.

—Ens veurem demà, Maria?

—Per mi sí, Ramon, demà i qui sap si potser sempre.

I mentre ell li obria la porta del cotxe, va apropar-se a ella, va fer-li un petó a la galta, i va dir-li a cau d'orella, molt lentament: «No en sabíem més, teníem quinze anys. No havíem tingut massa temps per aprendre, tot just despertàvem del son dels infants...».

AGRAÏMENTS

Aquesta novel·la és la història agredolça d'un fràgil i alhora poderós primer amor que tractarà de perviure, entre foscors i adversitats, més enllà de les inclements urpes del temps.

Hi trobareu un bon grapat de personatges carismàtics, carrers encisadors, establiments entranyables i fets reals que van configurar bona part de la vida quotidiana de gairebé quaranta anys de la ciutat de Barcelona.

Però en aquestes pàgines també hi ha lloc per a la reinvenció d'un món mític que bategava al trepidant ritme de les il·lusions i dels somnis complerts.

Vull agrair en primer lloc al meu pare l'oportunitat que em va oferir de créixer envoltat de tota aquella meravellosa gent. Gràcies, Salvador, per encomanar-me el teu esperit.

A tu, Elena Imparato, *dolce mamma*, per donar-me la brúixola que sempre assenyala el sud (veritable reialme de la passió de viure).

Al meu germà, Àlex, perquè em reconec en els seus gestos, en el to de veu i en l'entusiasme que compartim per la ciutat que ens ha vist néixer, conversa a conversa, passeig a passeig.

A tu, estimat Joan Manuel Serrat, per acollir-me entre els teus braços tot just quan començava a obrir els ulls, i perquè l'essència de les teves cançons i la teva calidesa humana m'acompanyen dia a dia i em fan créixer.

Al David Martí, amic i mestre creatiu, per ajudar-me a traçar les dreceres que condueixen a la desitjada sortida del laberint.

A la Sandra Bruna, al Joan i a tota la gran família que per a mi representa la meva agència literària. Perquè aquestes *Paraules d'amor* volin molt lluny i ben alt.

A tot l'extraordinari equip d'Edicions 62, especialment a la meva editora, la Pilar Beltran, i també a la Mariola Iborra, del Departament de Comunicació. Gràcies per fer que tot m'hagi estat tan plàcid i fàcil.

Gràcies a tu, Sandra, per haver-me escalfat el cor enmig del llarg hivern.

I, finalment, un lluminós agraïment a la veritable protagonista de tota aquesta història: gràcies a tu, estimada Barcelona, la meva ciutat des de sempre i per sempre!